Si viviéramos
en un lugar normal

Juan Pablo Villalobos

Si viviéramos
en un lugar normal

EDITORIAL ANAGRAMA
BARCELONA

Diseño de la colección: Julio Vivas y Estudio A
Ilustración: Luis Alfonso Villalobos

Primera edición: septiembre 2012

© Juan Pablo Villalobos, 2012

© EDITORIAL ANAGRAMA, S. A., 2012
  Pedró de la Creu, 58
  08034 Barcelona

ISBN: 978-84-339-9753-1
Depósito Legal: B. 18223-2012

Printed in Spain

Reinbook Imprès, sl, av. Barcelona, 260 - Polígon El Pla
08750 Molins de Rei

Para Ana Sofía

Profesionales del insulto

–Vas y chingas a tu reputísima madre, cabrón, ¡vete a la chingada!

Ya sé que no es una manera adecuada de empezar, pero mi historia y la historia de mi familia están llenas de insultos. Si de verdad voy a contar las cosas que pasaron, voy a tener que escribir un montón de mentadas de madre. Juro que no hay otra manera de hacerlo, porque la historia ocurrió en el lugar donde nací y en el que crecí, en Lagos de Moreno, en los Altos de Jalisco, una región que para mayor agravio está situada en México. Déjenme decir de una vez cuatro cosas de mi pueblo, para quien nunca haya venido por aquí: hay más vacas que personas, más charros que caballos, más curas que vacas y a la gente le gusta creer en la existencia de fantasmas, milagros, naves espaciales, santos y similares.

–¡Pero qué cabrones!, ¡serán hijos de la chingada!, ¡nos quieren ver la cara de pendejos!

11

El que gritaba era mi padre, un profesional de los insultos. Practicaba a todas horas, pero su sesión intensiva, para la que parecía haber estado entrenando durante el día, transcurría de nueve a diez, la hora de la cena. Y la hora del noticiero. La rutina nocturna era una mezcla explosiva: quesadillas en la mesa y políticos en la televisión.

–¡Pinches rateros!, ¡corruptos de mierda!

¿Pueden creer que mi padre era profesor de preparatoria?

¿Con esa boquita?

Con esa boquita.

Mi madre vigilaba el estado de la nación desde el comal, dando vuelta a las tortillas y controlando los niveles de cólera de mi papá. Aunque sólo intervenía cuando lo veía al borde del colapso, cuando mi padre decidía atragantarse ante la sucesión de despropósitos dialécticos que presenciaba en el noticiero. Sólo entonces mi mamá se acercaba para propinarle unos certeros madracitos en la espalda, perfeccionados por la práctica cotidiana, hasta que mi padre escupía un pedazo de quesadilla y perdía esa coloración violeta con la que le fascinaba aterrorizarnos. Pura pinche amenaza de muerte incumplida.

–Ya ves, cálmate, te va a dar algo –le recriminaba mi madre, diagnosticándole úlceras gástricas e ictus apopléjicos, como si no fuera suficiente con casi haber muerto asesinado por una letal combinación de maíz industrializado y queso fundido. Luego intentaba quitarnos el susto, tranquilizarnos, ejerciendo la contradicción materna.

–Déjenlo, le sirve para desahogarse.

Nosotros lo dejábamos, asfixiarse y desahogarse, porque en esos momentos nos concentrábamos en una lucha fratricida por las quesadillas, una batalla salvaje por la autoafirmación de la individualidad: intentar no morir de hambre. Encima de la mesa había un manoteo de la chingada, dieciséis manos, con sus ochenta dedos, en lid para agandallar las tortillas. Mis contendientes eran mis seis hermanos y mi papá, todos ellos tecnócratas altamente calificados en las estrategias de sobrevivencia en una familia numerosa.

La batalla se encarnizaba cuando mi madre anunciaba que las quesadillas se estaban acabando.

–¡Me toca!

–¡Es mía!

–¡Tú ya te comiste ochenta!

–No es cierto.

–¡Cállate el hocico!

–Yo sólo llevo tres.

–¡Silencio!, ¡no me dejan oír! –nos interrumpía mi padre, quien prefería los insultos televisados a los que transcurrían en vivo.

Mi madre apagaba la lumbre, abandonaba el comal y nos entregaba una quesadilla a cada uno; ésa era su visión de la equidad: ignorar los desa-

13

justes del pasado y repartir los recursos a partes iguales.

El escenario de las batallas cotidianas era nuestra casa, que era como una caja de zapatos con una tapa-techo de lámina de asbesto. Vivíamos allí desde que mis padres se casaron, bueno, vivían ellos, el resto fuimos llegando expulsados desde el útero materno, uno tras otro, uno tras otro, y al final, por si no fuera suficiente, en pareja. La familia creció, pero la casa no lo hizo en consecuencia, por lo que tuvimos que encoger los colchones, arrinconarlos, compartirlos, para encontrar cabida. A pesar del flujo de los años, parecía que la casa estaba todavía en construcción, por la falta de acabados. La fachada y las bardas perimetrales mostraban sin pudor el ladrillo del que estaban hechas, y que debería permanecer oculto tras una capa de cemento y pintura, si respetáramos las convenciones sociales. El piso había sido preparado para instalarle encima bloques de cerámica, pero el procedimiento nunca se había completado. Idéntica situación ocurría con la inexistencia de los azulejos en los lugares que se les había reservado en el baño y en la cocina. Era como si a nuestra casa le gustara andar encuerada, o al menos ligera de ropa. Para no distraernos, no entremos a detallar la precariedad de las instalaciones eléctricas, de gas y de agua, baste decir que había cables y tubos por todos lados y que algunos días era necesario sacar el agua del aljibe con la ayuda de una cubeta amarrada a una cuerda.

Todo esto ocurrió hace más de veinticinco años, en la década de los ochenta, época en la que yo pasé de la infancia a la adolescencia y de la adolescencia a la juventud, alegremente condicionado por lo que algunos llaman visión pueblerina del mundo, o sistema filosófico municipal. En aquel entonces yo pensaba, entre otras cosas, que todas las personas y las cosas que aparecían en la televisión no tenían nada que ver con nosotros y con nuestro pueblo, que las escenas de la pantalla pasaban en otro nivel de la realidad, en una realidad emocionante que nunca tocaba ni tocaría nuestra aburrida existencia. Hasta que una noche tuvimos una experiencia espantosa a la hora de las quesadillas: nuestro pueblo era el protagonista del noticiero. Se hizo un silencio tan grande que junto con el relato del reportero era posible escuchar el roce de los dedos al sostener las tortillas en su camino hacia la boca. Aun con la sorpresa no íbamos a parar de comer; si creen que es inverosímil ingerir quesadillas en medio del estupor generalizado es porque no crecieron en una familia numerosa.

La pantalla mostraba dos imágenes congeladas en alternancia, mientras el reportero insistía en que la presidencia municipal estaba ocupada por los rebeldes: la calle principal del centro bloqueada con montones de basura, que el presentador del noticiero llamaba *barricadas*, y una llanta ardiendo, con su inseparable y arribista compañera de humo. Entonces miré a través de la ventana de la cocina de nuestra casa, situada en lo alto del cerro de la Chingada, y confirmé la versión del informativo. Alcanzaba a ver cuatro, cinco nubes negras, siniestras y apestosas, ensuciando la visión de la parroquia iluminada. Mención aparte merece la parroquia, una chingaderototota de cantera rosada que podía verse desde cualquier parte del pueblo, y que era la sede de un ejército de curas que nos obligaban a seguir su credo de infelicidad y arrogancia.

La noticia clarificaba las conversaciones susurrantes entre mis padres, las insistentes llamadas telefónicas de los colegas de mi papá *–habla el profesor fulano, pásame a tu papá, habla el profesor zutano, pásame a tu papá.* Si hubiera puesto atención no habría necesitado ver el noticiero para enterarme de lo que estaba ocurriendo, si no fuera porque vivía en la etapa suprema del egoísmo, que es la adolescencia. Por fin mi padre interrumpió el linchamiento nacional de nuestros rebeldes locales con una gesticulación encabronadísima que arrojaba pedacitos de nixtamal al aire.

–¿Qué quieren que hagan si les roban las pinches elecciones?, ¿no quieren perder?, ¡pues no organicen las putas elecciones y dejamos de hacernos pendejos!

Ese mismo día, un poco más tarde, una camioneta con megafonía pasó lentamente frente a nuestra casa, exigiéndonos a gritos un acto de civismo incomprensible, que consistía en renunciar a la calle y quedarse encerrado en casa. Hasta nuevo aviso. Si habían mandado el aviso hasta el cerro de la Chingada, donde había apenas unas cuantas casas, separadas unas de otras por amplias extensiones espinosas de huizaches, era porque la cosa estaba de la chingada.

Mi madre fue corriendo a la cocina y volvió con los ojos llorocitos y la voz tambaleante.

—Mi amor —le anunció a mi padre, y ese cariñoso inicio servía en casa siempre de prólogo a las catástrofes—, sólo nos quedan treinta y siete tortillas y ochocientos gramos de queso.

Entramos en una fase de racionamiento de quesadillas que terminó por radicalizar las posturas políticas de todos los miembros de la familia. Nosotros conocíamos muy bien la montaña rusa de la economía nacional a partir del grosor de las quesadillas que nos servía mi madre en casa. Incluso habíamos creado categorías: quesadillas inflacionarias, quesadillas normales, quesadillas devaluación y quesadillas de pobre —citadas en orden de mayor opulencia a mayor mezquindad. Las quesadillas inflacionarias eran gordas para evitar que se pudriera el queso que mi madre había comprado en estado de pánico, ante el anuncio de una nueva subida en los precios de los alimentos y el peligro tangible de

17

que la cuenta del súper pasara de los billones a los trillones de pesos. Las quesadillas normales eran las que comeríamos todos los días si viviéramos en un país normal, pero si fuéramos un país normal no comeríamos quesadillas, por lo cual también las llamábamos quesadillas imposibles. Las quesadillas devaluación perdían sustancia por razones psicológicas, más que económicas, eran las quesadillas de la depresión crónica nacional –y eran las más comunes en casa de mis padres. Finalmente teníamos las quesadillas de pobre, en las que la presencia del queso era literaria: abrías la tortilla y en lugar del queso derretido mi madre había escrito la palabra queso en la superficie de la tortilla. Lo que no habíamos conocido todavía era el chantaje del desabastecimiento quesadillesco.

Mi madre, que nunca en su vida había emitido una opinión política, se puso del lado del gobierno y exigía la aniquilación de los rebeldes y la reinstauración inmediata del derecho humano a la alimentación. Mi padre abanderaba el estoicismo y le respondía a mi madre que la dignidad no se cambiaba por tres quesadillas.

–¿Tres quesadillas? –contraatacaba mi madre, cuya desesperación le andaba incitando a la ironía feminista–, ¡cómo se ve que no haces nada!, esta casa necesita como mínimo cincuenta quesadillas diarias.

Para incrementar la confusión, mi padre insistía en que los rebeldes eran unos pendejos, aunque los defendiera. Sería un malagradecido si no lo hiciera, ya que fueron ellos, durante uno de sus esporádicos periodos de gobierno hacía más de diez años, quienes, en un acto de populismo injustificable, habían llevado la luz y el teléfono al cerro.

Los rebeldes básicamente lo que hacían era gritar vivas a Cristo Rey y rezar para que el tiempo retrocediera hasta los inicios del siglo veinte.

–Esa pobre gente lo que quiere es morirse y no sabe cómo hacerlo, tratan de morirse de hambre, pero es muy tardado, por eso les gusta tanto la guerra –decía mi padre para explicarnos que los rebeldes no negociarían, que no aceptarían ningún acuerdo con el gobierno.

Nosotros los llamábamos *los del gallito colorado*, porque el escudo de su partido político era un gallo color rojo, pero sobre todo por culpa de que ellos también –como la mayoría de los partidos– eran aficionados a autodesignarse con combinaciones de siglas impronunciables. Dado que no había otro partido con un gallo azul o amarillo, lo cual habría establecido una fuente de ambigüedad que exigiría el uso del adjetivo, muchas veces la economía lingüística –o sea: la güeva– nos empujaba a denominarlos nomás *los del gallito*. Eran campesinos de ejido, pequeños ganaderos, profesores, acompañados siempre por una corte fiel de beatas de diversa procedencia. Se hacían llamar sinarquistas y su misión

19

era repetir las derrotas de sus abuelos, de sus padres, quienes habían hecho la guerra allá por los años veinte del siglo pasado, cuando el gobierno decidió que las cosas del cielo eran del cielo y las de la tierra del gobierno.

Ante dicho escenario emocionante, mis hermanos y yo —seres semirracionales que oscilábamos entre los quince años de Aristóteles, el mayor, y los cinco de los gemelos de mentira, separados unos de otros de manera meticulosa por periodos de dos años que sugerían una perturbadora costumbre sexual de mis padres— nos dedicamos a escenificar combates entre los rebeldes y el gobierno, a madrazo limpio. Yo encabezaba a los rebeldes, porque Aristóteles no aceptaba ser otra cosa que el gobierno, las fuerzas del orden, como él decía. En nuestras batallas siempre ganaba el gobierno, porque Aristóteles ya ejercía su metodología fascista que combinaba la fuerza excesiva y la compra de los opositores. Por si fuera poco, en su ejército estaban siempre los gemelos de mentira, quienes no se inmutaban con nada, no hablaban, no se movían, no parpadeaban, les gustaba comportarse como si fueran dos plantas, y a las plantas en general resulta imposible obligarlas a rendirse. Eran un par de helechos plantados en sus macetas, sabíamos que bastaba con extender la mano y aplicar un mínimo de fuerza para lastimarlos, pero no lo hacíamos, nunca, porque nos daba la impresión de que los helechos no podían hacerle daño a nadie.

En cambio, yo intentaba imponerme con mis habilidades retóricas, pero estaba condenado al fracaso, porque nadie me entendía.

–Conciudadanos: todavía es tiempo de alejarse del profundo abismo, todavía es tiempo de volver al buen camino y dejar a vuestros hijos la herencia más preciosa que es la libertad, sus derechos inalienables y su bienestar; aún pueden legarles un nombre honrado que por ellos sea recordado con orgullo, con sólo ser adictos a la revolución, y no a la tiranía –arengaba yo a los míos, hasta que Aristóteles se hartaba y suspendía mi discurso a chingadazos.

De nada me servía haber ganado los juegos florales de la escuela durante siete años consecutivos, improvisando piezas de oratoria y recitando poemas propios, ajenos y anónimos. Los poemas anónimos a veces eran anónimos, a veces eran propios y a veces eran de mi padre, quien tenía –de lejos– más talento para las groserías que para las metáforas. El grado de vergüenza que me producían al leerlos determinaba la autoría.

Desde nuestra posición estratégica en lo alto del cerro de la Chingada, de manera esporádica escuchábamos una detonación, una balacera, o detectábamos nuevas humaredas. Por las conversaciones telefónicas de mis padres con mis tíos, los cuales vivían en el centro, como la gente normal, y no en casa de la chingada, sabíamos que de nada serviría arriesgarse a salir de casa, pues todos los comercios estaban cerrados. Según mi padre, las familias que vivían en el centro habían involucionado al cuatropatismo, se movían en sus casas gateando, comían acostadas y dormían debajo de las camas. Semejante alarde de habilidades circenses sólo servía para esquivar las balas perdidas, un desperdicio de talento y energía, considerando que sin excepción todos habremos de morir algún día.

A pesar de la precariedad y del riesgo de inanición que implicaron aquellas jornadas, fueron un alivio para mi padre, quien por fin podía justificar su ermitaña decisión de construir esa casa en las afueras del pueblo –y en lo alto de un cerro, ¡hay que chingarse! Se la pasaba diciendo que mientras en el centro rezaban por su vida, nosotros estábamos seguros, no nos iba a pasar nada, lo cual me hacía pensar en la posibilidad de que termináramos siendo los únicos supervivientes, con la consecuente responsabilidad de tener que volver a poblar el páramo –mi imaginación estaba condicionada por las enseñanzas del Antiguo Testamento.

Dos días después de iniciado el conflicto, el noticiero de las nueve nos encontraba en la desoladora circunstancia de una quesadilla de pobre por cabeza.

–Igualito que en Cuba –repetía mi madre.

–En Cuba no hay quesadillas –le contestaba mi padre.

–Pues peor para ellos, pobres –remataba mi madre, y se quedaba mirando por la ventana de la cocina, deseando que de una puta vez bombardearan la presidencia municipal.

Los anhelos holocáusticos de mi madre no iban a cumplirse, pero casi: el presentador del noticiero informó que en ese mismo momento un chingamadral de antimotines enviados de Guadalajara estaba arribando a Lagos para reestablecer la democracia. Como si se tratara de una conexión cósmica estúpida, al instante escuchamos un lejano rumor y nos precipitamos a la ventana de la sala, que transparentaba los acontecimientos pueblerinos con mejor perspectiva, velados, eso sí, por una discreta cortina. Abrimos la cortina para ver clarito y pudimos presenciar el destartalado desfile de camiones allá abajo, en la avenida que desembocaba en el centro.

–¡Eso!, ¡chínguenselos!, seguramente así se acaba el problema, como si fueran perros con rabia, ¡cabrones!, ¡hijos de puta! –los increpaba mi padre mientras mi mamá le tironeaba del codo para llamarlo de vuelta a la decencia del mutismo, no fuera a resultar que los policías tuvieran superpoderes y alcanzaran a escucharlo.

Estuvimos despiertos hasta muy tarde, porque el espectáculo de luces y sonidos valía mucho la pena. Mi padre finalmente se resignó al silencio y a la tristeza, su única ocupación era hacernos piojito por turnos, pero en lugar de calmarnos nos angustiaba, porque se concentraba tanto en su ternura que parecía que el fin del mundo se acercara.

—¿Qué es eso?

—Balazos —respondía mi padre, opuesto a cualquier intento de edulcorar la realidad.

—¿Los van a matar, papá?

—No, es sólo para asustarlos —se apresuraba mi mamá a intervenir, conociendo la respuesta que mi padre nos daría: *para eso sirve la policía, para matarnos*, o algo por el estilo.

—¿Y qué van a hacer con los rebeldes?

—Los van a meter a la cárcel y los...

—Los van a soltar después, cuando se hayan arrepentido del mal que hicieron.

—¡No, no, no! Ellos no hicieron nada mal, les robaron las elecciones, tienen derecho a protestar.

—Los niños no pueden entender.

—Los niños ya están grandes y pueden distinguir lo que está mal.

—Los vas a confundir.

—Mejor confundidos que engañados.

En la madrugada, cuando también la ciudad volvió al silencio, haciendo gala de sus conocimientos bélicos, mi madre se puso a preparar quesadillas devaluación con las últimas reservas que nos quedaban.

—Mañana a primera hora vamos a la tienda —le

24

dijo a mi padre, quien no quiso comer la quesadilla y media que le correspondía y de la cual sacamos siete cachitos.

Nos despertaron muy temprano para ir a hacer compras de pánico. Habíamos dormido tan poquito que las lagañas ni siquiera nos habían madurado. Bajamos al centro en la camioneta, mis hermanos y yo echados en la caja trasera, enredados en cobijas y queriendo jugar a las cartas para entretenernos, pero el traqueteo que producía el deslizamiento de las ruedas sobre la irregularidad de la brecha nos desmontaba los turnos de la baraja. En el pueblo miramos las llantas calcinadas, montones de basura amontonados sobre las banquetas, a algunos antimotines contándose sus hazañas, y los muros donde los rebeldes habían pintado su solitaria consigna: *Justicia a Lagos*. Parecía que los sinarquistas hubieran comprado todas las reservas de pintura en aerosol del pueblo. El desprecio del gobierno por la peligrosidad de los rebeldes era tal que nunca se molestaron en repintar los muros. Todavía hoy es posible leer esa consigna por aquí y por allá, en paredes sucias y descascaradas cuyos propietarios simpatizan con la causa o, simplemente, no tienen dinero para pintarlas.

–¿Cuáles son los rebeldes? –pregunté.

–¿Que no entendiste lo que dijo mi papá? A esos pendejos ya se los cargó la chingada –sentenció Aristóteles.

Mi papá estaba concentradísimo en no estrellarse, tarea casi imposible, porque, además de la legión de automovilistas febriles, las calles estaban atestadas de camionetas-kamikaze repartidoras de leche. Los ranchos vecinos al pueblo no habían podido cumplir con sus rutas de los últimos días, y ahora necesitaban deshacerse de la leche en estado de semidescomposición. No desestimen el tamaño de nuestros hatos: era un chinguísimo de leche. Ahora ya hay pocas camionetas repartidoras, desde la apertura en los años noventa del parque industrial del pueblo. Allí se instalaron las grandes compañías de lácteos, que consumen toneladas de leche y le ahorran a los ganaderos el engorro de buscar clientes minoristas. La mayoría de la gente compra la leche en el supermercado, incluso muchos prefieren consumir los lácteos de la Comarca Lagunera, traicionando a nuestros bovinos.

El apocalipsis transcurría en la tienda del ISSSTE. Colas infinitas de seres demacrados y mal vestidos que se abalanzaron a la apertura de las puertas como si en lugar de comprar víveres quisieran morir aplastados y acabar de una vez con tanto pinche sufrimiento sin sentido. Nos repartimos en dos comandos, cuatro de mis hermanos se fueron con mi padre a la tortillería y el resto, los gemelos de mentira y yo, nos quedamos a acompañar a mi madre en su misión suicida. La división seguía una lógica impuesta en principio por la edad, pero sobre todo por la distinción entre personalidades histéricas y melancólicas: Aristóteles con mi padre, por ser el mayor y el más histérico y violento, mi padre podía controlarlo mejor; el segundo, yo –a mis trece años–, con mi madre, por ser el segundo y el más triste y porque mis estrategias de supervivencia eran verbales, lo que implicaba –si acaso– potenciales daños psicológicos para mis víctimas –asunto de escasa importancia cuando salíamos de casa y el objetivo era evitar hecatombes propias o ajenas; Arquíloco, Calímaco y Electra con mi padre, por estar en edades peligrosísimas para el vandalismo y las autolesiones –once, nueve y siete años respectivamente; los gemelos de mentira, juntos, con mi madre y bajo mi supervisión, que no la necesitaban porque tenían cinco años y estaban todo el tiempo ausentes del mundo, concentrados en hacer fotosíntesis, y preocupados sólo en mantenerse uno al lado del otro, como si fueran siameses y no gemelos de mentira.

A mi madre no la asustaban las multitudes, eran su medio habitual, ella misma había crecido en una familia numerosa, una de verdad, de las de antes, con once hermanos reconocidos, más otros tres que se materializaron cuando mi abuelo murió para exigir su microscópico pedacito de la herencia. Era una especialista en tumultos, capaz de agandallar el tercer turno de la salchichonería cuando había cientos de personas vitoreando al verdugo de cerdos. Yo vigilaba el cochecito al que mi madre arrojaba exultante el queso, el jamón y la mortadela. Habría que ver la dedicación de mi madre para conseguir que le fabricaran rebanadas fantasmales, más finita, más finita, amenazaba a la dependienta. Terminada la compra de carnes frías, constatamos que en esta vida por cada victoria pinchísima nos corresponde un cataclismo cabroncísimo: los gemelos de mentira habían desaparecido.

La búsqueda se tornó muy complicada por culpa de la apariencia de los gemelos de mentira. Teníamos que explicarle a la policía y a los empleados del ISSSTE cómo eran y mi madre se empeñaba en iniciar su descripción con una sentencia que era un llamado irresistible a la polémica.

—Son gemelos, pero no son iguales, no se parecen nada.

—Si no son iguales no son gemelos —nos increpaban, deduciendo a partir de su ignorancia que todo nuestro relato era mentira, como si nos gustara entretenernos en jugar a las escondidas con miembros inexistentes de la familia.

Yo intentaba atajar la férrea defensa de la lógica aristotélica que los pesquisadores querían enarbolar antes de ponerse a buscar a los gemelos, completando la explicación de mi madre con ayuda de un hipo nervioso cuyo objetivo era fracturarme el esternón.

—Sí son gemelos, nomás que son de mentira.

–¿De mentira?, o sea, ¿son inventados? –replicaba un audaz agente de la policía que parecía haber decidido que sería más sencillo exponer nuestras falsedades a la luz pública que encontrar a los gemelos.

–¡Son bivitelinos, dicigóticos! –gritaba mi madre jalándose los pelos, instalada ya en la tragedia, dado que la situación había desembocado en Grecia.

El agente me llevó aparte para mirarme con una lástima infinita y preguntarme mientras me acariciaba el lomo como a un perrito:

–¿Tú mamá está loca?

–No sé –le contesté, porque no lo sabía con certeza absoluta, nunca había tenido que reflexionar al respecto.

Como todavía no era suficiente la emoción, añadimos el problema de la vestimenta indiferenciada, porque de veras costaba trabajo distinguirnos a unos de otros, no digo de cara a los demás, incluso entre nosotros mismos. Mis papás contribuían a la homologación con sus estrategias de economía de escala: nos compraban a todos la misma ropa para regatear descuentos, pantalones de mezclilla y camisetas de colores, siempre la misma ropa, una talla más grande para que nos durara más, con lo cual se producía el efecto grotesco de estar permanentemente mal vestidos. Cuando la ropa era nueva parecía que íbamos de prestado, cuando nos

29

quedaba perfecta ya estaba vieja. Todo esto sin contar con que los harapos pasaban de mayor a menor mediante un sistema sincronizado de herencia.

Afortunadamente llegó mi padre y se acabaron las discusiones, aunque algunos empleados nos seguían vigilando con miradas desconfiadas en las que se descubrían gravísimas acusaciones ontológicas. Rastreamos todos los rincones de la tienda, barrimos las calles aledañas, y no encontramos a los gemelos de mentira. Lo único para lo que sirvió tanta búsqueda fue para que yo confirmara que éramos pobres, muy pobres, porque en la tienda había un chingo de cosas que nosotros nunca habíamos comprado.

–Mamá, ¿un día vamos a dejar de ser pobres? –pregunté situándome debajo de ella y recibiendo las lágrimas que goteaban de su barbilla y caían en mi cabello. Yo las aprovechaba para peinarme, para aplastarme algún gallo.

–¡Tus hermanos están perdidos!, ¡no son horas de preguntar eso! –Pero para mí las dos cosas eran igual de importantes: encontrar a los gemelos de mentira y definir las esperanzas de ascenso socioeconómico de nuestra familia.

Dos policías vinieron a casa con nosotros para llevarse las actas de nacimiento de los gemelos y unas fotografías que les habían hecho en la escuela hacía pocos días. El agente que me había cuestionado sobre la salud mental de mi madre resultó ser el director de la policía municipal, a pesar de su falta de tacto –o gracias a ella, seguramente. Miró las fotos con detenimiento y confirmó sus sospechas:

–Lo sabía, no son gemelos.

Tenía muchísimo cabello en la cabeza, pelo de diferentes tipos, lacio, crespo, ondulado, chino, incluso distintos grados de chino, daba la impresión de que allí arriba, entre tanto desmadre capilar, las ideas se le enredarían. Intentó designarse con un apellido –así: Agente *Apellido*–, pero era uno de esos apellidos que tienen millones de personas, muy malo para diferenciarse. Nosotros necesitábamos cualquier cosa que nos salvara del pánico del instante, y dentro de las posibilidades que se nos ofrecían no encontramos nada mejor que una broma infantil, un chiste que contribuyera a creer que lo que estaba pasando no era tan grave, que iba a arreglarse, que teníamos derecho a reírnos en medio de la desolación. Lo apodamos, pues, el Agente Greñas.

La estrategia estelar de la policía consistió en empapelar cada pared del pueblo con unos carteles donde aparecían las fotos de los gemelos. El pie de foto lanzaba mayúsculos alaridos: PERDIDOS. Enseguida se informaban las minucias en minúsculas, los nombres de mis hermanos PERDIDOS, Cástor y Pólux, los comunes y corrientes nombres de mis padres –a mis abuelos les había faltado imaginación para hacerles una chingadera–, el teléfono de la po-

31

licía y el de nuestra casa. Abajo de todo decía:
CREEN QUE SON GEMELOS. Ni siquiera ofrecíamos
recompensa, habíamos decidido aprovechar la fama
para difundir a los cuatro vientos nuestra pobreza,
y el delirio griego de mi padre.

Pasaron los días y no los encontramos. Primero
los buscamos con muchas ganas, era lo único que
hacíamos, mi papá no iba a trabajar y nosotros en
cuanto regresábamos de la escuela lo único que hacíamos era angustiarnos. Por su parte, Aristóteles se
dedicaba con muchísimas ganas a otra tarea fundamental, echarme la culpa:

—Es tu culpa, pendejo —era lo que me decía
todo el tiempo, y a mis otros tres hermanos sobre-
vivientes les encantaba imitarlo.

Yo era capaz de ignorarlos sin cargo de conciencia, porque en cuestión de culpas era un experto, para soportar situaciones como ésta me había
tocado vivir en este pueblo, nacer en esta familia,
asistir a esa escuela donde eran especialistas en ad-
judicarnos pecados. Mis conocimientos de retórica
articularon una defensa inapelable:

—Nadie se pierde si no quiere.

Esta réplica calaba profundo en mis hermanos,
como lo hacía en mí, porque en el fondo —allí donde recalaba— todos reconocíamos que nos encanta-
ría estar en el lugar de los gemelos de mentira, per-
dernos, abandonar de una vez esta pinche casa y el
chingado cerro de la Chingada.

32

El clímax de nuestra tristeza llegó una noche cuando entrevistaron al Agente Greñas en el noticiero de las nueve. Por lo visto en pantalla, el personal de maquillaje de la televisora se había afanado en intentar darle una forma a su peinado. El resultado era perturbador.

–¿Qué le pasa en las greñas al Agente Greñas? –preguntó Electra, confirmando para siempre el apodo que le habíamos asignado.

Después de cumplir con las tareas de descripción fisonómica y onomástica a las que los obligaba el caso –lo cual derivó en una breve digresión sobre mitología grecolatina–, presentador y entrevistado convinieron adelantar la programación nocturna y cumplir un viejo sueño, protagonizar la telenovela de las diez. A juzgar por la altísima calidad de sus expresiones hiperbólicas, habían nacido para el melodrama o –al menos, si sus talentos no eran innatos– el país los había preparado concienzudamente.

–Cuénteme, ¿cómo están los padres? –preguntó el presentador al tiempo que ordenaba los papeles que tenía sobre el escritorio y los abandonaba de manera despectiva, aclarando sus intenciones: ahora sí, dejémonos de pendejadas y vamos a hablar de lo que de verdad importa.

–Imagínese, están destrozados. Des-tro-za-dos. –El silabeo acompañado de movimientos repetitivos de negación con el cuerpo extraño que llevaba encima de la cabeza.

–No es para menos, debe ser difícil recuperarse de algo así. –El presentador miró al Agente Greñas con una lástima monstruosa, como si estuviera ante el padre de los gemelos de mentira, aunque quizá era un *momento de verdad* y lo que pasaba era que el cabello del policía le parecía digno de conmiseración.

–Nadie se recupera, nadie se recupera –respondió el Agente Greñas con actitud fatalista, saliendo de la tristeza porque no valía la pena, ¿para qué?, si todo estaba perdido, como su pelo.

–Es verdad, nadie se recupera –concluyó el presentador, retomando los papeles con sus notas para volver a noticias que tampoco tenían solución, como la economía nacional.

Yo miré a mis padres y fue como aquella vez que vi por la ventana de la cocina las columnas de humo que también mostraba la tele: sólo que ahora en vez de humo lo que veía era la sombra en sus rostros –la amenaza– de la infelicidad eterna.

Con el paso de las semanas nos acostumbramos al fracaso, nuestra desesperación fue atemperándose, fue coqueteando tímidamente con la resignación, hasta que un día las dos se fueron juntas a la cama y a la mañana siguiente sólo se despertó la segunda, la muy puta, la que los curas ya habían trabajado en nosotros desde el inicio de los tiempos.

34

Otro gran alivio fue poder por fin asignarles un motivo a los llantos recurrentes de mi madre. Era algo que ya solía hacer antes, especialmente cuando lavaba los trastes, y nos perturbaba que a nuestras preguntas siempre respondía que no le pasaba nada, ¿cómo nada?, ¿entonces por qué lloraba? Dejamos de preguntarle, descansamos de nuestra angustia, pues sabíamos que lloraba por sus hijitos perdidos, por haber canjeado el turno en la salchichonería a cambio de los gemelos de mentira.

Algo parecido pasaba con la neurastenia de mi padre, felizmente ahora podía canalizar sus insultos, trasladar el desastre nacional a la desgracia familiar, estigmatizar a todos los políticos –sin importar su rango o responsabilidad–, porque todos se regodeaban en su ineptitud para no encontrar a mis hermanos. Lo que había perdido en profesionalidad, en objetividad, lo había ganado en intensidad poética. Cuando el Agente Greñas nos anunció que iban a cerrar el caso, mi padre se encomendó a la perfección de un epitafio sobre la fatalidad del destino:

–La vida me tenía reservado a un pendejo de este tamaño.

Por si todas estas comodidades fueran pocas, no voy a avergonzarme al reconocerlo, mis hermanos y yo habíamos despertado a una nueva realidad muy conveniente: nos tocaban más quesadillas en la repartición nocturna. Sobrevino una época de prosperidad malsana, en la que lo verdaderamente relevante fue que empecé a ver algunas cosas por primera vez en la vida. Hasta ese momento, el exceso de estímulos me había educado en la distracción, en las generalizaciones, en la necesidad de actuar con oportunidad, rapidísimo, antes de que alguien se me adelantara. No había tenido tiempo de reparar en detalles, de analizar características o personalidades, siempre estaban pasando cosas, peleas, gritos, reclamos, acusaciones, juegos con reglas incomprensibles –para garantizar que Aristóteles ganara–, un vaso de leche se derramaba, alguien rompía un plato, otro traía a casa una víbora que había capturado en el cerro: el caos imponía su ley y hacía tangible que el Universo estaba en expansión, desintegrándose lentamente y difuminando los contornos de la realidad.

Ahora las cosas estaban cambiando, habíamos abandonado la calidad de horda indiferenciada, habíamos pasado de la categoría de chusma multitudinaria a la de chusma modesta. Ya sólo me quedaban cuatro hermanos y podía mirarlos con detenimiento, advertir que dos eran muy parecidos a mi madre, que Aristóteles tenía unas orejas descomunales que explicaban sus apodos, que Arquíloco y Calímaco tenían la misma estatura a pesar de la diferencia de edad, incluso aprendí a distinguirlos a través de las manchas de la dentadura, trazadas

36

con persistencia por el agua fluorada del pueblo. Además nos había surgido una hermana menor, quien se andaba estrenando a los siete años con una regresión líquida: orinarse cada noche en la cama.

Yo aproveché que las cosas querían volver a la normalidad para reemprender mis investigaciones sociológicas.

—Mamá, ¿se puede dejar de ser pobre?

—No somos pobres, Oreo, somos de clase media —replicaba mi madre, como si los niveles socioeconómicos fueran un estado mental.

Pero eso de la clase media se parecía a las quesadillas normales, algo que sólo podía existir en un país normal, en un país donde no estuvieran permanentemente tratando de chingarte la vida. Todas las cosas normales eran cabroncísimas de lograr. En el colegio se especializaban en organizar genocidios de extravagantes para convertirnos en personas normales, eso nos reclamaban todos los profesores y los curas, que por qué chingados no podíamos comportarnos como gente normal. El problema era que si les hubiéramos hecho caso, si hubiéramos seguido al pie de la letra las interpretaciones de sus enseñanzas, habríamos acabado haciendo lo contrario, puras pinches pendejadas loquísimas. Hacíamos lo que podíamos, lo que nos exigían nuestros cuerpos calenturientos, y siempre pedíamos perdón de a mentiras, porque nos obligaban a confesarnos cada primer viernes del mes.

Para evitar confesar el número de puñetas que me estaba haciendo cada día, yo intentaba distraer al cura que me confesaba.

—Padre, pido perdón por ser pobre.

—Ser pobre no es pecado, hijo.

—¿Ah, no?

—No.

—Pero es que no quiero ser pobre, entonces seguro voy a acabar robando o matando a alguien para salir de pobre.

—Hay que ser digno en la pobreza, hijo, hay que aprender a vivir en la pobreza dignamente. Jesucristo nuestro Señor era pobre.

—Ah, ¿y ustedes son pobres?

—Los tiempos han cambiado.

—¿No son pobres?

—Nosotros no nos preocupamos por las cuestiones materiales, cuidamos del espíritu, el dinero no nos interesa.

Lo mismo decía mi papá cuando, para corroborar las mentiras de mi madre, yo le preguntaba si éramos pobres o de clase media. Me decía que el dinero no importaba, que lo importante era la dignidad. Confirmado: éramos pobres. Nuestro progreso económico por la desaparición de los gemelos de mentira hizo nacer en mí la fantasía de abandonar la pobreza adelgazando más a la familia. ¿Cuánto

mejoraríamos si otro de mis hermanos se perdiera?
¿Qué pasaría si dos o tres de ellos desaparecieran?

¿Seríamos ricos?

¿Al menos clase media?

Todo dependía de la elasticidad de la economía familiar.

Polonia no es ninguna parte

–Esto no me huele nada bien –comenzó a decirnos mi papá desde que aparecieron las excavadoras, que fueron seguidas por un ejército de albañiles. Durante todo el día iban y venían camiones trayendo material o llevándose desechos.

Mi papá realizaba cálculos mentales sobre los recursos que se necesitarían para organizar semejante espectáculo.

–Esto no me huele nada bien –repetía, porque olía a la gasolina quemada por las máquinas, al cemento que preparaban las revolvedoras, olía a pintura y a soldadura: olía a dinero, a montones de dinero.

En total, seis meses tardaron los vecinos en edificar su aparatosa humillación a nuestra humilde casa. Durante ese periodo, cada noche, antes de dormir, visitábamos la construcción para hacer una valoración crítica de los avances arquitectónicos. Pura pinche envidia. La mansión no se avergonzaba de la existencia de la ladera –como hacía la nuestra, que

43

pretendía erigirse *planamente* sobre una terraza arti-ficial–, todo lo contrario: el arquitecto había aprovechado el cerro para disponer las estancias en varios niveles. No podía decirse que la casa tuviera dos o tres pisos, más bien que estaba construida a diferentes alturas.

Mi mamá insistía en que el tamaño de la cocina era un despropósito, pero lo decía desde su perspectiva de clasemediera farsante. Claro, ¿para qué chingados querríamos nosotros una cocina gigantesca, para jugar torneos de lanzamiento de quesadillas? Contando los cuartos y los baños, mi papá había llegado a la inducción de que los vecinos serían familia numerosa, una de a de veras, con nueve o diez hijos. Esta conclusión no era otra cosa que un silogismo aspiracional, porque sugería que se podía ser rico en una familia numerosa, lo cual implicaría cantidades exosféricas de lana. Había, también en el ámbito espacial, otro agujero de sinsentido, porque los ricos no querían vivir en el cerro de la Chingada, los ricos vivían en el centro. ¿Qué hacía esta casa enorme y lujosa al lado de nuestra caja de zapatos?

Nuestras especulaciones fueron extendiéndose como las llamas de un incendio perezoso, que iba dominando poco a poco cada rincón de la casa, calentando nuestras conversaciones cotidianas, hasta que un día, a mitad de las vacaciones de verano, tocaron a la puerta y allí estaban los vecinos con su manguera de bomberos. De entrada había problemas aritméticos de enorme gravedad, ya que por más atención que poníamos sólo lográbamos contar tres personas, que serían, de acuerdo con nuestros cálculos, el padre, la madre y un hijo. Al abrir la puerta y saludar, mi papá sacó la cabeza para mirar hacia el horizonte infinito, a ver si alcanzaba a vislumbrar al resto de la familia.

Mi reacción inmediata para formarme una idea de los vecinos y rescatarlos de la penumbra de no conocerlos fue imaginar que parecían osos de peluche. Los tres eran robustos, ligeramente gordos, pero no obesos, nomás gorditos, gozaban de ese sobrepeso que suele considerarse una marca de elegancia en familias con dinero. Olían bien, su ropa estaba planchadísima, sus zapatos relucientes y tenían los ojos claros. Bien podrían ser los osos del cuento infantil, daban ganas de entrar a escondidas en su casa para robarles la sopa y dormir una siesta en sus camas.

Les ofrecimos que se sentaran en el sillón de la sala, mientras mi mamá y mi papá acercaban sillas de la cocina y el resto desperdigábamos el trasero en el suelo. Los vecinos practicaron el desaire de sentarse en la orilla, de aguilita, apenas rozando el mueble. Técnicamente no estaban sentados, porque para sentarse hacía falta descansar el peso del cuerpo sobre la superficie en la que se posa el trasero. Podría decirse, si acaso, que estaban sentados sobre sí mismos, lo cual es cansadísimo y de dolorosas consecuencias para la espalda. Resultaba obvio que no pretendían quedarse mucho tiempo, que el estado del tapiz del mueble les daba asco o que padecían almorranas –si fuera así quizás habríamos podido disculparlos.

Haciendo gala de nuestra condición de clasemedieros mentales, les ofrecimos agua de jamaica y galletas María. Mi padre y el vecino se tomaban muy en serio el encuentro, como si fuera una entrevista para un trabajo ventajosísimo –uno de esos por los que se cobra y no se trabaja– o la pedida de mano de una novia muy querida y muy sabrosa a la que no había habido manera de meterle mano todavía.

En el turno de las presentaciones, el vecino informó que antes vivían en Silao y que estaban aprovechando el verano para mudarse, y anunció que se llamaban Jaroslaw padre, Jaroslaw hijo y Heniuta. Que al hijo le decían Jarek, de cariño, pero sobre todo para diferenciarlo del padre cuando la gente necesitaba llamarlos a gritos a la distancia. Mis papás aguantaban su estupefacción onomástica como podían, mis hermanos y yo nos manteníamos calladitos, para eso habíamos recibido entrenamiento militar, ésa había sido nuestra educación social: cerrar el pinche hocico. Por fin llegó la explicación, justo antes de que arribáramos a la encantadora conclusión de que los vecinos estaban tan chiflados como nosotros.

–Somos polacos –pidió perdón Jaroslaw padre.

–Qué bonito, como el Papa –intercedió mi madre, pero se arrepintió de inmediato, pues recordó las atrocidades que los comunistas andaban haciendo escondidos detrás de la cortina de hierro.

Polonia, más que un país, era una coartada perfecta. ¿Dónde estaba Polonia?, ¿alguien conocía a un polaco?, ¿qué escándalo querían enterrar los tres ositos inventándose una genealogía eslava? Polonia toleraba construirse cualquier fantasía sobre el pasado de la familia, porque Polonia no era ninguna parte.

Aprovechando la pausa geopolítica, Jarek interrumpió la ceremonia al examinar de cerca una galleta María.

–¿No hay Oreos?

Heniuta le apretó un brazo hasta la gangrena, el grado de presión aplicado sólo podía significar una cosa, que no pronunció, pero que todos escuchamos alto y fuerte, a pesar de las carcajadas silenciosas de mis hermanos por la coincidencia.

–¡Cállate, son pobres! –le gritaba en miradas susurrantes.

Mi papá nos presentó pronunciando con orgullo nuestros fabulosos nombres griegos: Aristóteles, Orestes, Arquíloco, Calímaco y Electra. En lugar de una familia parecíamos el índice de una enciclopedia. Para no ensuciar la solemnidad del momento con el drama, decidió cambiar la existencia ahora inexistente de los gemelos de mentira por una pausa nostálgica después de la mención del nombre de mi hermana ahora menor. Pero ellos sabían de nuestra mutilación, claro que lo sabían, por eso asintieron con miradas de sufrimiento fingido y todos guardamos un minuto de silencio. En compensación, Jaroslaw felicitó a mi papá por haber elegido ese terreno en el cerro de la Chingada. Aseguró que él conocía a mucha gente, que había estado preguntando, que el crecimiento urbano avanzaba en esa dirección y que en unos años sería una de las zonas más prósperas de Lagos.

—Muy buena inversión, es usted un visionario —concluyó Jaroslaw, quien era evidente que no conocía la manera en que nosotros, y el resto de la gente que habitaba las viviendas que salpicaban esporádicamente el cerro, habíamos *comprado* los terrenos.

El susto empujó a mi papá a entrar con atropello en la fase de intercambios curriculares.

—Soy profesor de civismo en la preparatoria federal.

Acto seguido, se puso a hablar de la importancia del civismo en una época de pachanga axiológica, en la que nadie respetaba las normas de convivencia, empezando por el gobierno y sus instituciones, que las únicas normas que respetaban eran las del fraude, la demagogia y el robo. Sin perder el tiempo y sin venir a cuento empezó a describir el sistema de gobierno de las polis de la Grecia antigua, pero todo su discurso estaba manchado por unas gotas de agua de jamaica que se habían impreso caprichosamente en su camisa y lo desacreditaban de manera irremediable. Era algo que siempre estábamos haciendo en casa, mancharnos y tirarnos las cosas encima, encima de otros o en el suelo, era el calvario de mi madre.

Tocó el turno de Jaroslaw, quien afirmó ser inseminador de vacas. La cosa iba a derivar peligrosamente hacia el erotismo bovino, las madres empezaron a morirse de vergüenza, ¡no era ni la hora ni el lugar de ponerse a ponderar la calidad del semen de toro importado!, por muy canadienses que fueran los cornudos.

Aprovechemos la reaparición de los bovinos para definir, de una vez por todas y en una frase, el carácter folclórico del lugar donde vivíamos: en Lagos, a las vacas las inseminábamos y a los toros los coleábamos. Felizmente, sólo una vez en mi vida tuve que ir a una charreada, fue una excursión escolar, una sesión de adoctrinamiento nacionalista. ¿Y si los bovinos y los equinos se enteraran de que además de estarlos chingue y chingue los usamos como símbolo de nuestras tradiciones? Que le pregunten a un caballo o a una vaca si sabe lo que es un país. Salía corriendo un toro desprevenido al lienzo y el charro lo perseguía a caballo. Mientras el toro trataba de asimilar la existencia de las gradas y

49

el público, el charro lo agarraba de la cola e intentaba derribarlo. Si lo conseguía: aplausos. Si no: murmullos. Si el toro caía bonito: ovación. El azotar del animal como categoría estética. Así pasaron las horas, en el *coleadero*. También había otras suertes: salía un toro distraído al lienzo y un charro que lo esperaba a pie intentaba lazarlo. Si lo lazaba de las patas traseras eso se llamaba un *pial*. Si lo lazaba de las manos, una *mangana*. Si el charro no conseguía lazar al animal es porque era pendejo. Me imagino que la emoción radicaba en el peligro, en que algo pudiera salir mal y la charreada terminara en tragedia. Que el toro embistiera al charro y lo despanzurrara. Que el caballo se pusiera histérico y desnucara al charro. Que toro y caballo organizaran un complot para asesinar al charro de manera sangrienta –cuando se enteraran de la existencia de México, por ejemplo. Que el charro perdiera el control de la reata y ahorcara a un espectador, a un niño, para que la cosa fuera más escandalosa y pudiera contarse durante décadas, de generación en generación. Y todo esto por el puro gusto de mantener vivas las tradiciones.

Heniuta demostró que, como mi madre, ella también sabía desenfocar la atención de su marido: nos preguntó nuestras edades y el nombre del colegio que mis padres habían elegido para que acabaran de traumarnos. Si existió, aunque sea en una realidad paralela, una mínima posibilidad de que

Heniuta y mi madre fueran amigas, se esfumó cuando la vecina se escandalizó porque nosotros no íbamos a una escuela pública.

–¡Cómo cree! –dijo indignadísima mi madre, quien estaba dispuesta a renunciar a todo menos a la posibilidad, también mínima, también quizá en una realidad paralela, de que sus hijos tuvieran un futuro brillante.

–Disculpe, lo decía porque su marido es profesor en la prepa federal.

–¿Y por eso tenemos que conformarnos?

Jarek iría a un colegio diferente al nuestro, también uno de curas, pero de curas ricos, no como el nuestro, donde los curas llevaban los cuellos y las mangas de las sotanas raídos. De repente Heniuta me miró sólo a mí y me señaló con un movimiento de la barbilla, y esos dos simples gestos, más la frase que les sirvió de epílogo, me separaron del resto de mis hermanos.

–Tú eres de la misma edad que Jarek. –Lo dijo con picardía, ¿acaso sabía cuánto nos gustaba jalárnosla?

–¡Y sabe declamar!, es el campeón de la escuela –se apresuró mi madre a venderme, como si Heniuta estuviera pensando en adoptarme o como si la oratoria pudiera igualarnos desde el punto de vista socioeconómico.

–¿De veras?, a ver, que recite algo.

Y ahí me tienen:

51

Patria: tu superficie es el maíz,
tus minas el palacio del Rey de Oros,
y tu cielo, las garzas en desliz
y el relámpago verde de los loros, etcétera.

Así fue como me nació un amigo por primera vez en la vida. Hasta entonces yo no había necesitado un amigo, tenía seis hermanos, luego tenía cuatro, en cuanto a compañía y entretenimiento era autosuficiente. Eso sin contar las pinches complicaciones logísticas de vivir en el cerro de la Chingada, si quería invitar a algún compañero de la escuela a casa había que diseñar un plan de ida y vuelta, y además pensar en qué hacer llegado el caso de necesitar evacuarlo. De cualquier manera, yo no quería invitar a nadie a casa, era mejor así, de hecho, porque en la escuela a lo que yo me dedicaba era a pasar desapercibido, a que nadie descubriera mi asistencia, que era la metodología que había elegido para mantenerme a salvo de los matones, a quienes inexplicablemente no les gustaba la poesía, por muy anónima que fuera.

Las madres sólo aceptaron parar de fingir cuando comprobaron que los padres habían cambiado de tema y ahora se empantanaban en los fangosos terrenos de la tecnología de supervivencia casera en el cerro de la Chingada. Jaroslaw estaba explicándole a mi padre sus horarios y que le sería imposible recibir a la pipa que les llenaría de agua su estratosférico aljibe tres veces por semana. Mi padre le replicaba que nosotros sólo necesitábamos dos pipas al mes y el otro ofrecía que si nosotros le ayudábamos a abrir la puerta y vigilar el llenado, en contrapartida nos regalaba el agua que sobrara en la pipa.

–No podemos, y no necesitamos más agua –sentenció mi padre, robándonos la ocasión tantas veces soñada de que algunas frases odiosas desaparecieran de nuestra vida para siempre: no tires el agua, cierra la llave, no lo laves, no está sucio, acabas de tomar agua, y un largo etcétera, tan largo y ancho como el río Amazonas.

Hablando de ríos y de escasez de agua, en el pueblo hay un río ridículo, que la mayor parte del año es minúsculo, aunque cabroncísimamente apestoso. Allí descargan sus desechos los ranchos, las granjas de pollos, la planta de la Nestlé, es el germen de una pavorosa e insalubre multitud de mosquitos. En temporada de lluvias, se transforma en un caudal majestuoso que mantiene en vilo a toda la población, bajo la amenaza de inundaciones. El río está siempre en el centro de todos los debates políticos, ya sea por el desastre de un barrio o por la última epidemia de dengue.

Mi madre se puso la máscara que le encantaba lucir en sus habituales derrotas estrepitosas y el resto nos conformamos con la expectativa de seguir estando medio puercos, pero aparentemente la dignidad nos brillaba. Después de pedirle dos veces más a mi papá que entrara en razón –es decir, en su conveniencia–, Jaroslaw aprovechó el desaire para transformarlo en ofensa y poner las patitas fuera de casa. Se despidió con un grado de formalidad inversamente proporcional al de los saludos iniciales, arrastrando tras de sí a su familia. Mi padre ni siquiera esperó a que la puerta se cerrara para dictar sentencia:

–Tres pipas por semana, esa casa con tantos cuartos para tres personas... Son gente con tendencia al desperdicio. –Tenía razón, estaba clarísimo, nosotros éramos lo contrario, gente con tendencia a la escasez.

A pesar del desencuentro, al día siguiente Jarek tocó a nuestra puerta por la tarde para invitarme a su casa. Se quedó paradito a un metro de distancia de la entrada, esperando a que yo saliera y dejando clarísimo que nunca volvería a entrar en nuestra casa. Mi mamá le insistía en que pasara, que se tomara un agua de jamaica, pero para él estar en la caja de zapatos una vez ya le había parecido suficiente trauma.

Jarek me enseñó su casa y yo tuve que esforzarme un chingo para sorprenderme, porque, en lugar de sorpresa, lo que me revolvía el estómago era la desilusión, la decepción de constatar que nos habíamos equivocado en nuestras especulaciones, que donde mi padre sugería que estarían las habitaciones de los diez hijos resultaba que había cuartos para tejer o para jugar, despachos, o un cuarto para

54

ver la tele. El colmo fue que una de las habitaciones resultó ser la de la sirvienta. Lo peor no era ser pobre: lo peor era no tener idea de las cosas que se pueden hacer con el dinero.

Nos metimos al cuarto de los juegos para que Jarek me adiestrara a matar marcianos en el Atari. Las instrucciones precisas de Jarek demostraban la lógica aplastante con la que los fabricantes habían dotado a sus aparatos, el mundo estaba dominado por un rebaño de aburridísimos aristotélicos: si movías la palanca a la derecha, la nave se movía a la derecha, si la movías a la izquierda, pues a la izquierda, para arriba y para abajo, si apretabas el botón una vez, disparabas una vez, si apretabas dos, pues dos, y tres, tres. Yo no entendía dónde estaba la diversión, más allá de comprobar que el aparato te obedecía siempre. ¿Lo divertido era la paradoja de haber inventado un artilugio cuyas fantasías servían para constatar las reglas de la realidad?

—¿No te da vergüenza eso de declamar? —me preguntó Jarek sin dejar de menear la palanca y apretar el botoncito.

—¿Por qué?

—No sé, es ridículo, ¿no?

—Es una competencia, es como el futbol.

—Pero no lo pasan por la tele.

Tampoco pasaban los campeonatos de Atari, ¿y qué? La sesión de exterminio galáctico fue interrumpida por Heniuta, quien nos trajo una me-

55

rienda diferenciada: pastel de chocolate y coca-cola para Jarek, un plato con un bistec, arroz y ensalada para mí, con una limonada. La verdad, el plato se parecía bastante al que yo había comido en casa tres horas antes, sólo que con una pierna de pollo en lugar del bistec y frijoles en lugar de ensalada. Lo que yo quería era pastel de chocolate, pero, antes de que pudiera reclamar, Heniuta me lanzó sus amenazas nutricionales:

—Tú tienes que comer bien, que estás muy flaco.

Yo no tenía hambre, pero aún respondía a la filosofía del aprovechamiento oportunista, que ordena atacar sin contemplaciones cuando se da la ocasión, porque el futuro es como una mujer con cambios de ánimo muy bruscos, que a veces te dice que sí, a veces que no y muchas veces ni sabe. A pesar de que habíamos sido degradados a la categoría de familia numerosa de mentira, hay enseñanzas que no se pueden ni se deben olvidar. Comí a la velocidad habitual en casa y mi ejercicio de destreza fue tan impactante que Jarek me premió con una cara de asco y me cedió su pastel de chocolate, porque a él se le había quitado el hambre por culpa de la lástima. Resulta conmovedor que los ricos sientan culpa de clase a edades tan tempranas, pobrecitos. Sin embargo, la compasión no está peleada con la impertinencia.

—¿No habías comido?

—Sí.

–¿Qué comiste?

–Arroz, frijoles y pollo.

–¿Pollo?

–Ajá.

–¿Y por qué tenías tanta hambre?

–No tenía hambre.

–¿Entonces por qué te comiste el plato como si estuvieras muerto de hambre?

–Así como siempre, es la costumbre. –Los hijos únicos comen a la velocidad de los caracoles de jardín, sin dejar un rastro de baba, aclaremos, no me gusta que aflore el resentimiento de clan.

–Pero lo que no entiendo es por qué comes si no tienes hambre.

–Para que no se desperdicie.

La sospecha hizo que Jarek tendiera un rayo punteado, como los que disparaban las naves marcianas, entre sus ojos y los míos, mis respuestas no encajaban en su sistema de prejuicios, comenzaba a sospechar que yo era un farsante, un pobre de mentira, un clasemediero que fingía ser pobre para robar de los ricos. ¿Y si resultaba que, tal y como decía mi madre, éramos de clase media?

–¿Y por qué chingados no le dijiste a mi mamá que no tenías hambre?

–Tú mamá no me dejó, además dijo que estaba flaco.

–Pero no estás flaco de hambre, estás flaco nomás porque así eres.

Era mi turno, pero mantuve los molares superiores e inferiores juntitos, ¿qué podía decir?, ¿pedir perdón por mi genética?

–Pues la próxima vez le dices que ya comiste.

–El pastel está bueno.

–Lo trae mi papá de León. –Distinguir entre los pobres y la clase media podía ser un acertijo esotérico, lo que sí era fácil de diferenciar era la riqueza: comer pasteles importados del bajío.

–¿Tu papá va a León a comprar el pastel?

–No seas pendejo, lo compra cuando la ruta que le toca pasa por León.

–¿Ruta de qué?

–De los ranchos.

–¿Tú conoces León?

–¡Claro!, vamos muy seguido para ir al cine y al centro comercial. –Más características diferenciales de la riqueza: el acceso a la cultura.

De León sólo vale la pena reseñar tres cosas: que hacen zapatos, que su gente es engreída sin motivo y que tienen un equipo de futbol que sólo sabe ser campeón o irse a la segunda división.

–¿Tú no conoces León?

–No.

–¿No? ¡Pero sí está aquí al lado, a media hora!

–A mi papá no le gusta viajar.

–¿Y Aguascalientes?

–No.

–¿Irapuato?

–No.

–¿Guadalajara?

–No. –Iba perdiendo puntos estrepitosamente en la encuesta de nivel socioeconómico, más me valía hacer algo rápido antes de acabar siendo un marginado.

–¿Guanajuato?

–Una vez fui a La Chona.

–¿Qué es eso?

–¿No conoces La Chona?

El viaje familiar a La Chona había ocurrido en un arranque convenienciero de mi padre, quien de verdad tenía fobia a abandonar el perímetro municipal. Los domingos solíamos bajar del cerro por la tarde, ir a casa de mis abuelos, donde nos reuníamos con mis tíos y mis primos. Conociendo muy bien la incompatibilidad de nuestros traumas y paranoias –que llegaba a su expresión más peligrosa en la división militante entre ofidiofóbicos y ofidiofílicos–, mis padres y mis tíos sabían que debían mantenerse en contacto sólo de manera esporádica, para evitar que la fricción de nuestras relaciones produjera laceraciones. Una hora semanal parecía ser el límite que ellos ya habían calculado, los domingos de cuatro a cinco de la tarde, contemplando incluso los beneficios de ese horario desde el punto de vista biológico, pues era la fase por excelencia de la pereza y la mansedad, las horas posteriores a la comida dominical, las horas de disminución generalizada de las funciones metabólicas.

Aquel domingo, después de hibernar comunalmente en casa de mis abuelos, encontramos la vuelta a casa bloqueada por una camioneta lechera que se había quedado sin combustible. Tuvimos que girar y desembocamos en la carretera que lleva a Aguascalientes, desde donde podríamos retomar nuestro camino más adelante. Sin embargo, mi padre continuó por la carretera, conduciendo muy despacio y con mucho cuidado, porque en la caja de la camioneta viajábamos los siete hermanos, incluyendo a los gemelos de mentira, quienes todavía se dignaban a regalarnos con su presencia. Quince minutos más tarde entramos en La Chona y mi papá estacionó la camioneta en el jardín principal, al lado de la parroquia, que era más pequeña que la nuestra.

–¿Lo ven?, es igual a Lagos –nos dijo mi papá, revelando sus intenciones, sus ganas de desmitificar el mundo, que en ese momento estaba representado pinchemente por La Chona.

Pero era mentira, porque, en lugar de plaga de gorriones, en La Chona había un chingo de estorninos. Nuestra estancia de media hora en La Chona, donde tomamos un helado que provocó división de opiniones, le venía sirviendo a mi papá desde entonces para negarse cada vez que le pedíamos que nos llevara a León o a San Juan.

–¿Para qué quieren ir? –nos repetía–, todo es igual, ya conocieron La Chona, todas las ciudades son iguales, unas más grandes, otras más pequeñas, más feas o más bonitas, pero iguales. –Ese sofisma estaba tan mal construido que sólo funcionaba para desenmascararlo.

Por todo esto yo sabía que nadie se había robado a los gemelos de mentira, que ellos simplemente habían decidido largarse, escapar de los límites de nuestra claustrofóbica existencia. Jarek nunca habría pensado en escaparse de casa, por más que en la tele dijeran que los ricos también lloraban, yo los veía muy a gusto, muy contentos, muy satisfechos con la exclusividad de su alegría.

–¿Dónde queda La Chona?

–Es una ciudad en el camino a Aguascalientes, es imponente.

–¿Imponente? Pues yo he ido un montón de veces a Aguascalientes y no he visto La Chona.

–Es que se llama Encarnación de Díaz, pero le decimos La Chona de cariño.

–¡No mames, sí la conozco, está bien pinche fea! Una vez paramos ahí para tomar un agua fresca y nos dio diarrea.

–¿Conoces Polonia?

–No.

Lo sabía: polaco de mentira. Seguramente tu papá es un asesino en serie. O un pinche transa.

–¿Has ido a Disneylandia? –contraatacó Jarek.

Claro: volamos desde el aeropuerto internacional de La Chona. Según sabía, Disneylandia era un castillo de fantasía donde lo importante era portarse bien, pasara lo que pasara y vieras lo que vieras. A veces algún Mickey Mouse, cuando nadie lo veía, te llevaba a lo oscurito y te agarraba el pito, o te metía el dedo en el culo. Pero tú tenías que quedarte calladito, no quejarte, y no hacer lo mismo, no querer sobarle las tetas a Daisy o a Mimí, no, porque había unos policías hiperrabiosos que te machacaban con sus macanas. ¿Lo ven?, mejor no hablar de Disneylandia delante de los pobres.

Ya sabía lo que iba a pasar ahora, ya había escuchado decenas de veces esas conversaciones, sobre todo después de las vacaciones de verano o de semana santa, cuando mis compañeros más prósperos se dedicaban a describir el paraíso, esa tierra prometida que los mexicanos teníamos al otro lado de la puta frontera.

En Estados Unidos no había basura, todo estaba reluciente, igualito que en la televisión. La gente no era puerca, no tiraba la basura en la calle, todos la depositaban en su lugar, en unos botes de colores que servían para clasificar los desechos. El bote para las cáscaras de plátano. El bote para las latas de refresco de color rojo. El bote para los huesos de pollo del Kentucky Fried Chicken. El bote para el papel higiénico embarrado de mierda. Unos botes gigantescos para las cosas viejas y pasadas de moda que se habían convertido en una vergüenza para sus ex propietarios. Era tan impresionante que incluso tú, que nomás estabas de vacaciones, tampoco tirabas la basura a la calle.

Además, era imposible que te enfermaras por comer en un restaurante, no era como aquí, que ibas a comer tacos y te daban tacos de perro y el taquero se limpiaba el sobaco con la misma mano con la que agarraba las tortillas. Había unos restaurantes donde pagabas un refresco y luego te servías todas las veces que quisieras, era increíble, te tomabas ochenta coca-colas por el precio de una. Y te regalaban unos sobrecitos con catsup, con mayonesa, con salsa de barbacoa, unos sobrecitos que te podías traer de recuerdo para regalárselos a tus amigos o a ese vecino pobre al que tenías tantas ganas de humillar porque ni siquiera conocía León, el muy zarrapastroso.

Pero había que hablar inglés, eso sí, aunque hubiera un chingo de mexicanos, lo importante era hablar inglés, para que supieran que estabas de vacaciones con ganas de gastar dinero, porque los gringos bien que sabían diferenciar a los invasores de los turistas, veías cómo les cambiaba la cara cuando tu papá sacaba la cartera repleta de dólares, porque eso sí, allá no eran racistas, allá no importaba que estuvieras prietito, allá nomás contaba la lana, si eras trabajador y habías ganado mucho dinero te respetaban, por eso eran un país de verdad, no como aquí, donde todo el tiempo todo el mundo estaba tratando de chingarte la existencia.

Para mi desilusión, resultó que a los ricos también les gustaba la rutina. Yo sabía que los pobres estábamos condenados a repetir cada día el programa de actos que garantizaba la mayor eficacia económica, pero suponía que los días de los ricos estaban destinados a la sorpresa, a experimentar continuamente la euforia de los descubrimientos, el escalofrío de las primeras veces, el optimismo de los inicios. No había pensado en la fuerza de atracción que impone la necesidad de sentirse seguro –una segunda ley de la gravedad: el poder de la inercia llamando a sus hijos al cálido seno del aburrimiento. En resumen: a Jarek le gustaba hacer todos los días las mismas cosas, nuestras tardes en común eran idénticas. Jugábamos al Atari, merendábamos, me hablaba de los Estados Unidos, de Puerto Vallarta o de sus amigos de Silao. De entre todas las decepciones que esta amistad me supuso, la más deprimente fue que Jarek resultara estar un par de años atrasado respecto de mis desórdenes hormonales. Su mundo seguían siendo los juguetes y las caricaturas, sus insulsas travesuras de niño anacrónico.

Mis visitas a casa de Jarek fueron un pozo sin fondo de preocupaciones para mi madre, quien temía que yo ejecutara destrozos como en casa, endeudándonos con los vecinos en proporción similar a la deuda externa del país. Cada vez que salía rumbo a casa de Jarek me amenazaba:

–No vayas a romper un jarrón, por favor.

Ella no sabía que nuestra descoordinación motriz y nuestra distracción, origen de tantos accidentes hogareños, no eran rasgos de personalidad, sino consecuencias de la caótica interacción familiar. Nuestra propensión al desastre era existencialista. Yo nunca había roto un jarrón, porque nosotros no teníamos jarrones en casa, pero mi madre había visto esas escenas muchas veces en la tele, en programas y películas que usan los trompicones como estrategia efectista para provocar la risa. Quién sabe por qué los atrabancados parecen interesarse exclusivamente por los jarrones, habiendo tantos recipientes y adornos de materiales frágiles que gustan de hacerse añicos.

En realidad, *no vayas a romper un jarrón* era la metáfora que mi madre había elegido para camuflar sus temores más recónditos. Detrás de esa frase inocua se ocultaba la crueldad de la literalidad, las frases que mi madre no se atrevía a decirme. No vayas a robar. No vayas a avergonzarnos. No vayas a humillarnos.

Cuando entraba a casa de vuelta de la mansión de los polacos, mi madre me exigía que le mostrara los bolsillos del pantalón, el interior de los calzones y me obligaba a quitarme los zapatos.

—¿Cómo te fue? —me preguntaba, todavía con la duda sobre mi inocencia.

—Bien, ¿sabes que Jarek tiene un cajón para los calcetines? —le respondía mientras me quitaba los calcetines para que comprobara que allí tampoco ocultaba nada.

—¿Cómo?

—Sí, un cajón nomás para guardar los calcetines.

—¿Rompiste algo?

—No, mamá, no rompí nada.

Una vez autorizada la entrada, mis hermanos me esperaban en la segunda aduana.

—¿Qué nos trajiste? —me interrogaba Aristóteles, quien pensaba que yo tendría que pagarles un tributo por tener derecho a aburrirme de manera diferente.

—Nada.

—No te hagas pendejo.

Y repetían la inspección, sólo que ahorrándose la delicadeza de mi madre, quien nos vigilaba sin intervenir, pues resultaba imposible contrarrestar la fantasía codiciosa de sus hijos. Como venganza, yo les contaba alguna de las extravagancias de los polacos, que tenían un cuarto para los tiliches, o que la habitación de la sirvienta tenía su propio baño.

—No me gusta que vayas —me repetía todo el tiempo mi madre.

—Ya no voy a ir, no te preocupes.

Pero seguía yendo, al menos mientras duró el verano. Mi relación con Jarek no traspasaría ese umbral, como era de esperar. Yo lo sabía desde el primer día, que cuando Jarek comenzara a ir a la escuela elegiría a sus verdaderos amigos, con quienes podría hablar de sus experiencias comunes desde la comodidad de no tener que dar explicaciones de cualquier cosa, como hacía conmigo, que tenía que explicarme todo, no sólo cómo jugar al Atari o cómo era Estados Unidos, sino también detalles intrascendentes como por qué la mayonesa se come a cucharadas rebosantes y no untada en capas finas.

Presumir puede ser gratificante, pero con el paso del tiempo cansa.

Hombrecitos grises

—A los gemelos los secuestraron los extraterrestres.

—¿Eh?

—¿No sabes hablar español, pendejo?

Ésa fue la sorpresa del nuevo ciclo escolar: Aristóteles quería emanciparse e iba a intentarlo de la manera más absurda que le fuera posible imaginar.

—¿Por qué crees que la policía no los encontró?

—Porque son pendejos —le decía yo, usando la versión de mi papá.

—Porque buscaron mal, por eso no encontraron ninguna pista. No los encontraron porque no buscaron donde debían.

—¿Y qué iban a hacer, buscar en otros planetas?

A mí me parecía imposible que los gemelos hubieran sido abducidos en el supermercado, ése era mi principal reparo, no tanto la existencia de los extraterrestres, que estaba dispuesto a integrar en mi sistema de ficciones, sino la verosimilitud de una metodología que contemplaba el secuestro de humanos a la luz del día en espacios abarrotados. ¿No habría sido más lógico, en todo caso, que se los robaran una noche estando en casa, en el cerro de la Chingada? Según Aristóteles, los extraterrestres no tendrían por qué responder a la lógica humana, los extraterrestres no venían de Grecia.

—Pero no había ninguna nave en el ISSSTE —replicaba yo débilmente, para fingir que me resistía a las acometidas de mi hermano para convencerme.

—No seas pendejo, lo más seguro es que los hayan controlado con telepatía, les ordenaran salir de la tienda y se los llevaran al lugar donde los recogería la nave espacial.

—¿Qué lugar?

—La Mesa Redonda.

O sea: bajaron de un cerro para subirse a otro, pobres. Lo llamamos Mesa porque el cerro está cortado, como de tajo, después de una breve y suave pendiente. La uniformidad de la colina produce una circunferencia casi perfecta en la cima; la verdad, sin necesidad de imaginar conspiraciones, tiene un aspecto artificial muy sospechoso. De hecho, años más tarde se organizó una excursión para analizar el cerro con detectores de metales y otros artilugios, y la mitad de Lagos acudió como voluntaria. Y la otra mitad hubo de creer después, a pesar de la falta de evidencias, que habían sido descubiertas *cosas raras*.

La teoría de Aristóteles suponía que los gemelos de mentira habrían caminado desde el ISSSTE
hasta el kilómetro once de la carretera a San Juan, y
que luego habrían andado los cuatro mil metros de
brecha que conducían a las faldas del cerro, y que
luego, ¡uf!, habrían trepado la colina. Todo esto sin
que nadie los viera.

–No seas pendejo –era su método de persua-
sión preferido: pendejearme–, los deben haber hecho invisibles, o los teletransportaron.

Ah, entonces la cosa cambiaba. Yo me dejaba
convencer por puro cochino interés. Mi hermano
planeaba pasar de las ideas a la acción y yo también
tenía mis planes, muchos planes: estaba dispuesto a
cualquier cosa con tal de escapar de casa. Ésa era la
gran diferencia de temperamentos entre Aristóteles
y yo, él necesitaba un proyecto trascendental que lo
justificara, mientras que yo me conformaba con
una pinche excusa.

A pesar de su extravagancia, las teorías de Aristóteles carecían de originalidad, eran un plagio de
las revistas que le prestaba su único amigo de la
prepa. Ésa era la otra gran novedad en la vida de mi
hermano, ahora tenía un amigo, a quien apodaban
el Epi, pero casi no contaba, porque más que amigo era su enfermero, lo habían contratado para que
se quedara a su lado. El Epi tenía ataques epilépticos y a Aristóteles le habían dado un aparatito con
un botón que debía presionar en caso de episodio.

Las revistas del Epi se especializaban en infravalorar a los habitantes del planeta Tierra: todos los progresos y las grandes obras de la humanidad se explicaban por la presencia de los extraterrestres. Las pirámides de Egipto y las de los mayas, las rutas de navegación de los fenicios, los grandes inventos de los chinos, los sistemas filosóficos de la Grecia antigua, todos eran regalos de los seres venidos de las estrellas. En la sección de cartas, los lectores narraban episodios de abducción, avistamiento de naves o experimentos de genética alienígena. Ahí encontró Aristóteles la última pieza que le faltaba a su rompecabezas: el interés genético que nuestros hermanos tendrían para los extraterrestres, por ser gemelos de mentira.

—Lo que están haciendo es recolectar especímenes de todo tipo. Altos, chaparros, güeros, prietos, mujeres, hombres, niños, pelirrojos, albinos, gemelos, triates.

—¿Y para qué se los llevan?

—¿Para qué va a ser?, ¡para cruzarlos!, para hacer experimentos.

El rompecabezas que armó Aristóteles tenía piezas de diferente procedencia, ensambladas a la fuerza, con la tenacidad de la desesperación. La imagen resultante era caótica, amorfa, manchas sin continuidad que más que sugerir significados alentaban el sinsentido. Era justo lo que necesitábamos: el mapa que guiaría nuestros pasos.

74

Tardamos en ejecutar el plan porque dependía de la confluencia de varios factores externos, la combinatoria de nuestra buena suerte: que mi padre no estuviera en casa, que la supervisión materna se relajara, que mis hermanos menores estuvieran entretenidos y que los vecinos se ausentaran. Parecía imposible, casi tan imposible como que los extraterrestres hubieran raptado a los gemelos de mentira, pero sucedió un día, el día que la ley de probabilidades decidió ponerse de nuestro lado. Antes de iniciar camino, saltamos la barda del jardín de los polacos, entramos a la casa a través del cuarto de lavado y robamos dos mochilas que retacamos de víveres en la despensa. ¡Galletas Oreo! Chinga tu madre, Jarek. No nos quedamos a hacer la siesta, pero al menos nos llevamos unas cobijas.

Huimos mirando hacia atrás, casi corriendo de espaldas. Podríamos habernos ido sin mirar atrás, tendría un mayor impacto poético, pero no sería la verdad: teníamos que vigilar que nadie nos estuviera siguiendo. Era una visión de despedida muy deprimente: nuestra horrible caja de zapatos y la mansión de los polacos. Vista a la distancia, nuestra casa parecía la casita del perro de los polacos, no, ni siquiera eso. O quizá sí, siempre y cuando el perro ya hubiera muerto y no lo hubieran reemplazado. Además de los pensamientos propios de la huida —que eran fragmentarios e inconexos, para hacer juego con el rompecabezas–, y de mi concentración para intentar controlar mi errático desempeño cardiovascular, no podía dejar de recordar a mis hermanos menores, los que se quedaban en casa, ahora serían una breve familia de tres hijos, pinches suertudos, se atascarían de quesadillas, y ni siquiera habían hecho nada para merecerlo. ¿Al fin serían clase media?

En lugar de bajar directamente hacia la avenida que conducía al pueblo –y que era la prolongación de la carretera de San Juan– caminamos a campo traviesa, para evitar el contacto humano, lo cual nos supuso abrirnos brecha entre miles de huizaches. El pueblo era tan católico que estaba rodeado de espinas. Cuando por fin retomamos el camino para bajar hacia la carretera, vimos los ríos de gente que llenaban la pista y escuchamos el estrépito despeinado de sus cánticos. Ésa era la primera impresión que producían, la cual comprobaríamos de inmediato: que semejante alboroto sólo podía provenir de una turba de despeinados.

Alabaréeeee, alabaréeeee, alabaréeeee, alaba-réeeee, alabaréeeee a mi Señor.

Son las queeeeeeeeeeejas y plegaaarias de tus hiii-jos de San Juaaaaaan.

–¡Peregrinos, perfecto! –exclamó Aristóteles, encantado con la idea de unirse a la desafinada procesión.

–¿Te caen bien?

–No seas pendejo, así nadie nos va a ver, nos metemos entre los peregrinos y caminamos hasta la entrada de la Mesa, allí nos desviamos nosotros.

Nos metimos entre la gente, aunque a mí me pareció que más bien nos habíamos metido entre un olor y otro, entre una peste a sudor y otra a orines, entre un eructo de huevo podrido y otro de frijoles acedos. Miraba a un lado y veía los muñones de un viejo sin brazos que se arrastraba hincado. Miraba hacia abajo y descubría a un perro sarnoso que intentaba treparse en mí para robarme las Oreo. Bebés enredados en harapos colgaban de las espaldas de sus madres. Atravesando las imágenes y los olores, flotaba en otro plano, de discordia sobrenatural, el sonsonete mezclado de decenas de cánticos diferentes. Resultaba inexplicable por qué la gente no cantaba la misma canción, por qué cada uno seguía su propia inspiración, ¿sería un arrebato místico?, si lo era se trataba de uno de naturaleza muy desentonada.

Yo no llevaba un espejito, así que no podía verme la cara, pero debe haber sido una cara muy chingadamente expresionista.

–¿Qué pasa, güey?, ¿nunca habías visto pobres?

–¿Pobres? Nosotros somos pobres.

–No seas pendejo –hasta la fecha me sigue encantando el golpe de realidad que se supone debe prologar esta reconvención–, nosotros somos de la clase media.

77

A mi hermano no le gustaba ser pobre, pero la pobreza de los peregrinos circundantes no modificaba la nuestra, si acaso nos dejaba clasificados como los menos pobres de ese grupo de pobres, lo cual lo único que demostraba era que siempre se podía ser más y más pobre: ser pobre era un pozo sin fondo.

Al salir de Lagos, la primera impresión que se tenía era que los apólogos del viaje y del nomadismo no habían pasado por ahí. El paisaje era el mismo que en el cerro de la Chingada, huizaches y más huizaches, bandadas de torcacitas, polvaredas. De vez en kilómetros la monotonía toleraba la aparición de una vulcanizadora o de un taller mecánico, levantados en equilibrio precario con tablas y láminas. Sus letreros y anuncios alcanzaban un promedio de dos faltas de ortografía en palabras de cinco punto cinco letras. Acuciado por el recuerdo de la carretera a La Chona, que era idéntica, empezó a carcomerme una voraz aflicción: ¿todo el mundo era igual?

¿Había huizaches en Polonia?

¿Y en Disneylandia?

Aristóteles no tenía dudas sobre la probable homogeneidad del planeta Tierra, para eso era el hermano mayor, o quizá sí las tenía y las encubría manteniéndose entretenido, de conversación en conversación, porque su estrategia para pasar desapercibido era de lo más incongruente. Repetía a diestra y siniestra que íbamos a San Juan a pedirle a la Virgen que aparecieran los gemelos de mentira, que le estábamos ofreciendo a cambio el sacrificio de la peregrinación.

–¿Ves? –me soplaba al oído después de guiñarme un ojo que se suponía expresaba su genialidad–, es perfecto, porque todavía no es verdad, pero tampoco todavía es mentira.

–¿Cómo?

–Sí, güey, cuando nos desviemos del camino será mentira que vamos a ver a la Virgen, pero por mientras podría ser verdad, no estoy diciendo mentiras, ¿entiendes, pendejo?

En aquel momento un montón de griegos se retorcían en sus tumbas. Los peregrinos le respondían que sí, que seguro que la Virgen nos hacía el milagro, y lo afirmaban con una determinación tan absoluta que casi era posible ver ya a los gemelos de mentira, acariciarles el pelo o escuchar cómo se quedaban calladitos igual que siempre. Una beata gritaba que la virgencita le había curado el dengue, otra contaba que no le había salvado al marido, pero que se lo había llevado al cielo, aunque no se lo mereciera por borracho y pendenciero. ¡Nunca se sabe!, ¡nunca se sabe cuándo vas a necesitar a la virgencita!, repetían los que marchaban representando a la desgracia contemporánea, los que en ese mismo instante tenían a un pariente a las puertas de la muerte. Había un grupo espe-

79

cializado en llorar a los que se habían ido al otro lado, pero no a la muerte, sólo a los Estados Unidos, ¡cuídalos, virgencita!, ¡dales trabajo!, ¡que vuelvan pronto! —¿pues no que puro pinche Disneylandia? Muchos eran peregrinos preventivos, que todavía no habían necesitado un gran milagro, sólo milagritos, favores, que bien podían solicitar a entidades de menor alcurnia, no era cosa de molestar a la Virgen nomás para pedirle un novio, que para eso había un chingo de santos. Eran peregrinos que estaban acumulando méritos para cuando la vida les hiciera una de sus clásicas mamadas. También había un ejército de niños desperdiciados, porque no pedían nada, no sabían, aún no los habían enseñado a invocar a las figuras ultraterrenales, sólo hacían como los perros callejeros, que siguen con obediencia fanática a las muchedumbres. Por otra parte, era imposible determinar si los perros rezaban, lo que estaba claro era que les encantaba el desmadre.

La confusión es en esencia perezosa y oportunista, no se esfuerza por manifestarse en ambientes controlados, mendiga escenarios propicios y nunca desperdicia una turba. Y no iba a hacerlo ahora: empezó a germinar con frenesí, como un arbusto de sandía que se enredara en las piernas de los peregrinos.

—¡Se perdieron dos gemelos!
—¡No son iguales, pero son gemelos!

–¡Ay virgencita, encuéntralos!

–¡Alto! ¡Hay que encontrar a los chiquillos!

–¡Ay ay ay, por qué te los llevaste, Dios mío!

–¡Llévame a mí que ya soy mayor, por qué siempre te llevas a los inocentes!

Aristóteles intentaba atajar con sus explicaciones el expansivo clamor circundante, pero estaba en franca desventaja numérica y, sobre todo, anímica: nadie le hace caso a un aguafiestas.

–No, oigan, no, me entendieron mal, no se perdieron ahora, ya llevan mucho tiempo desaparecidos.

Era demasiado tarde, ya se había activado el protocolo del escándalo, que las muchedumbres no gustan de abandonar así tan rápido, nomás a las primeras aclaraciones, que por muy coherentes y creíbles que sean nunca tendrán la estatura exigida para retar a las fantasías del melodrama. Las turbas son como los extraterrestres, que les vale madre la lógica.

Apareció un tipo muy nervioso que llevaba un gafete que lo denominaba a grandes trazos de plumón negro *Juan de Irapuato*. Empezó a zarandear a Aristóteles exigiéndole el retrato hablado de los gemelos, rápido, antes de que fuera demasiado tarde. ¿Antes de que mi hermano se olvidara de cómo eran, quería decir? Estábamos en uno de esos momentos de falsa urgencia en los que parece que es *demasiado tarde* para muchas cosas, ¿pero el presente puede ser tarde respecto de algo? Puro pinche ejercicio autocomplaciente de sofistas.

—No están perdidos —le intentaba aclarar mi hermano—, bueno, sí están perdidos, pero no de ahorita, están perdidos de hace tiempo.

Resultaba fascinante la capacidad que tenía todo lo referente a los gemelos de mentira para irse directito a las sendas del chingado malentendido. Paralelamente, esta capacidad exacerbaba nuestra incapacidad para lograr que la gente nos entendiera. Nos andaba urgiendo una clase de retórica aplicada. En respuesta a los balbuceos prelógicos de Aristóteles, Juan de Irapuato se puso a demostrarle que sabía azotar en la cara como Dios manda. Cuatro veces. ¡Toma! ¡Toma! ¡Toma! ¡Y toma! El cutis de mi hermano no tuvo vergüenza de cambiar su coloración al instante, frente a su agresor, dándole el gusto de confirmar los efectos pictóricos de su hazaña pugilística.

—Deja de decir pendejadas, ¡apúrate!, ¿cómo se llaman?

—Cástor y Pólux.

—¡No mames!, ¿que no quieres encontrar a tus hermanos?

—Es que estoy tratando de decirle que no están perdidos de ahorita.

—¿Cómo de ahorita?, ¿qué chingados quiere decir eso?, ¿qué estás escondiendo?, ¿eh?, que se me hace que tú les hiciste algo. ¡Ándale, cabrón, confiesa!

Una cosa sí sabíamos hacer muy bien cuando nos fallaban las habilidades epistemológicas: ¡correr como enajenados! Nos largamos a tropezones, trompicones, pisotones y aplastamientos, hasta que alcanzamos uno de los márgenes de la procesión, desde donde pudimos lanzarnos hacia el frente sin obstáculos. Sólo nos detuvimos cuando comprobamos que el boca a boca había hecho de las suyas y las conversaciones se habían tergiversado lo suficiente como para ponernos a salvo: allá adelante, donde ahora caminábamos, se contaba la historia de dos gemelos que descubrían que no eran hermanos y venían a pedirle a la Virgen que les ayudara a encontrar a sus verdaderos padres.

–¿Pero si son gemelos cómo no son hermanos?

–Porque son gemelos de mentira: son idénticos, pero no son hermanos.

Quizá era lo mismo que pasaba con los cánticos: al frente de la procesión, los primeros peregrinos, quienes no sólo ya habrían llegado a San Juan sino que ya estarían de vuelta en sus casas, habían comenzado a cantar una canción, una melodía que en su trayecto hacia la cola se había ido distorsionando y bifurcando sin cesar, hasta provocar el actual caos sinfónico.

Yo quise darme el gusto de recriminar a Aristóteles, pocas veces en la vida se le presenta a un hermano menor una ocasión tan bonita de chingarse a su hermano mayor.

83

–A ver si te callas, pendejo.

–Los pendejos son ellos, pendejo, son una pinche bola de ignorantes. –Era mi hermano en su faceta predilecta: Aristóteles contra el mundo.

Cerca de la desviación a la Mesa Redonda, encontramos un deshuesadero, pilas de autos formando montañas caprichosas. Los peregrinos aumentaron el volumen de sus cánticos, porque debían competir con el estruendo de una grúa que arrojaba coches de un lado para otro. El fervor se les había hinchado ante la visión de la chatarra, prueba irrefutable de que todas las vanidades humanas son basura, el único destino de la materia es descomponerse. Lo que los peregrinos ignoraban era que la relación con la materia se basa en la sustitución, valiendo madres su calidad perecedera: siempre hay un auto nuevo para reemplazar al vejestorio desechado.

Tanta exhibición impúdica de fervor hacía dudar cuál de los métodos para encontrar a los gemelos de mentira sería menos descabellado: ¿rezarle a una aparición en la basílica de San Juan o esperar a los extraterrestres en lo alto de la Mesa Redonda? Visto el tamaño de la procesión, al menos en materia de popularidad los extraterrestres iban muy atrasados. Sin embargo, el que pensaba y decidía era Aristóteles, que no cedía en sus certezas interplanetarias, los once kilómetros de caminata no le habían magullado la fantasía.

Salimos de la carretera para enfilarnos por la brecha que llevaba a la Mesa Redonda, era un camino cubierto por una gruesa capa de polvo finísimo, con la consistencia del talco, polvo que se alebrestaba con nuestros pasos y seguía trayectorias perversas sólo para meterse en nuestros orificios nasales y en nuestros ojos. Puto polvo de mierda. La brecha servía también como frontera entre los terrenos de una secuencia de pequeños ranchos. Estábamos rodeados de —¡adivinen!— huizaches, miles de millones de huizaches. Era para suicidarse. Y lo habría hecho si mi tristeza fuera de una naturaleza más romántica, si no tuviera esta pinche tristeza gris que ni me mataba ni me dejaba resignarme. Habría sido tan sencillo cortar la rama de un huizache, elegir una con espinas gordas y largas, habría sido tan reconfortante tener los huevos para perforarme las venas y desangrarme sobre ese polvo enfadoso. Infelizmente, además de agallas necesitaba imaginación, tendría que haber leído muchos libros para que se me ocurriera hacer eso, y yo sólo había leído los textos escolares, donde nunca se exaltaba el suicidio como forma de ponerle arreglo a la existencia. La educación religiosa tenía unos sesgos muy convencieros a favor de preservar la vida.

Antes de desmayarnos y de darle gusto a los zopilotes que nos rondaban en el cielo, nos sentamos a la sombra de —sí, ¿qué más?— un huizache.

85

Sacamos de las mochilas naranjas, pan, latas de atún, jugo. Ese día aprendí que la invención del abrelatas fue un movimiento reaccionario en la historia del progreso humano, una respuesta imprescindible a la invención de las conservas enlatadas. Usamos piedras puntiagudas, cual neandertales anacrónicos, y conseguimos llenar de polvo el interior de las latas. Si ésa era la vida que nos esperaba, comer mordiendo el polvo, sería mejor ir volviendo al seno de las quesadillas raquíticas. Nuestra fuga nos había hecho descender un peldaño en la lucha de clases, ya andábamos merodeando el sector de los marginales que comían tierra a puños.

—Hay tres tipos de extraterrestres.

—¿Eh?

—Te lo digo para que te prepares, no sé cuáles de ellos son los que vamos a ver.

Era la conversación perfecta para acompañar la ingestión de atún con tierra.

—Pueden ser lagartos, artrópodos o humanoides. Los lagartos y los artrópodos vienen de planetas donde la evolución siguió un camino diferente al de la Tierra. Imagínate que en lugar de que la guerra de las especies la ganaran los monos, allá la ganaron los cocodrilos o las arañas. Los humanoides son como nosotros, nomás que son chaparros, tienen la cabeza más grande, los ojos más saltones, no tienen pelo y son grises.

Más allá de la facha, la diferencia fundamental entre nosotros y *ellos* radicaba en el aparato digestivo, en la manera en la que los extraterrestres se nutrían, usando todo tipo de recursos, y no sólo la comida, para generar energía. ¿Comerían tierra? Aristóteles me lo explicó como si, además de saberse de memoria las revistas del Epi, conociera el funcionamiento del aparato digestivo humano. Por lo visto, en el campeonato de aburrimiento mi hermano iba líder, me sacaba un chingo de puntos de ventaja.

–Pon atención, esto es muy importante. Si hay problemas, si estamos en peligro, hay que apretar aquí. No te asustes, pero acuérdate, si necesitamos ayuda hay que apretar aquí.

Me estaba enseñando el aparatito de los ataques epilépticos del Epi, que ahora resultaba tener usos alternativos en caso de encuentros con especies hostiles. Lo dejó en mis manos para que lo viera bien, era un cuadradito negro de plástico con un botón rojo, nada más eso, pero Aristóteles quería que lo estudiara para estar seguro de que sabría usarlo llegado el caso.

–¿Y cómo nos va a salvar si nomás tiene alcance de veinte metros?

Todo el colegio lo sabía, un día habían hecho pruebas para determinar la distancia máxima a la que podía alejarse el Epi contando desde la oficina del director, que era donde reposaba el receptor.

–No seas pendejo, lo trucamos.

–¿Y qué se supone que va a hacer el director?, ¿va a adivinar dónde estamos y que nos están chingando los extraterrestres?

–El Epi sabe todo, él nos va a mandar ayuda.

Yo miraba el aparatito fingiendo que me estaba aprendiendo sus complejos mecanismos, pero en realidad estaba pensando en mis padres, típico: por fin había logrado largarme de casa y ahora me entraban remordimientos de conciencia, de veras que los pinches curas habían hecho muy bien su trabajo. Pero en serio: pobres de mis padres, que nomás no conseguían mantener a la familia unida. Es que había un chingo de fallos en su sistema de promesas.

–Pobres de mis papás.

–¿Por qué? –*¿Por qué?*, hay que ser el hermano mayor para acaparar el monopolio de la insensibilidad.

–Primero pierden a los gemelos y ahora nosotros nos vamos.

–Pero nosotros vamos a volver, junto con los gemelos.

–¿Y qué le van a decir a la policía ahora?, van a creer que mis papás tienen la culpa de que nos perdamos, o hasta los van a acusar de habernos desaparecido.

–No seas pendejo, les dejé una nota para explicarles.

–¿Y qué decía?

–Pues qué iba a decir, pendejo, que no nos buscaran ni le avisaran a la policía, que estábamos bien, que íbamos a buscar a los gemelos y que volveríamos cuando los encontráramos.

El viento había parado de soplar, sobre nuestras cabezas se ancló una nube que desmentía la inclemencia del sol. En mis nalgas sentía el colchón del polvo en reposo, podía ser agradable si se lo mantenía domesticado. Me recosté lentamente, para evitar el alzamiento de las partículas, que se iban escabullendo hacia los laterales, huyendo de la huella de la silueta de mi cuerpo. Cerré los ojos y mientras la pantalla de mis párpados proyectaba una tela color anaranjado, escuché la voz de Aristóteles, insistente en su altanería.

–Tú crees que soy pendejo, ¿no?, ¿cómo crees que no iba a avisarle a mis papás?, pendejo, ¿cómo crees que iba a dejar que se preocuparan? De veras que estás bien pendejo.

Y de pronto tuve una aparición, no era ni la Virgen ni los extraterrestres, era todavía más inverosímil: me aparecí a mí mismo. Me vi encerrado en una caja de cartón a la que le habían hecho unos cuantos agujeros para asegurarse de que no me asfixiara. Estaba orinando, avergonzado, de espaldas a una multitud cuya única ocupación era ignorarme, a pesar de que yo creía que me espiaban. La caja descansaba sobre una roca enorme que flotaba en un Universo sin razón y sin sentido, y yo me preguntaba qué habría pasado si nunca hubiera nacido. Con la mano derecha me sacudía el pito y con la izquierda comía quesadillas, una quesadilla tras otra, una tras otra, sólo para mantenerme vivo. Las quesadillas sabían a orines. El asco del sabor me expulsó de la visión, me senté como empujado por un resorte.

—Yo no voy a volver.

—¿Qué?

—Que yo no voy a volver, ni voy a subir al pinche cerro contigo.

—No seas pendejo...

—No, no seas pendejo tú. Tú eres el que cree en extraterrestres, tú eres el que quiere subir al chingado cerro a esperar a una puta nave espacial. ¿Quién es el pendejo?, ¿eh, pendejo?, ¿quién es el pendejo?, ¡pendejo!, ¡pendejo!, ¡pen-de-jo!

Desgraciadamente su brazo derecho obedeció al impulso, sin dar tiempo a que irrumpiera su conciencia subutilizada: me abrió un tajo profundo en el pómulo con la lata de atún vacía. Un pedazo de la mejilla izquierda, justo debajo de la cuenca ocular, se rajó y quedó colgando. Sentí la tibieza de la sangre escurrirse hacia mi quijada, junto con el aceite del atún, la mezcla descendía rumbo a la traquea. Me agarraba el trozo de carne y lo colocaba de vuelta en el hueco, pero se desprendía y volvía a su nueva ubicación precaria.

—Perdón, perdón.

—Vete a la chingada, pendejo.

—Perdón, espera, déjame que te cure.

—Vete a la chingada, pendejo, vete a la chingada.

Quesadillas de la penúltima oportunidad

Presioné el botón rojo y desaparecieron los huizaches. Se irguieron los sauces, los olmos, los euca-
liptos, las hayas. Pisé tierra roja, pesada y rebelde,
que oponía resistencia al viento, y el viento tenía
que buscar otros cómplices para sus bromitas pol-
vorientas. Vi perros callejeros de colores insólitos,
carreteras y calles alfombradas de canes aplastados.
Tropecé con gente rica, con gente que se empeñaba
en su necedad de pensar que la clase media existía,
con gente pobre, gente más pobre, más pobre, in-
finitamente pobre. Y gracias a mis ardides comía
quesadillas gratis en fondas mugrientas, en puestos
callejeros de arquitectura imposible. Desarrollé una
técnica sutil para detectar dónde servían las mejores
quesadillas, las quesadillas inflacionarias, que en la
calle se habían convertido en las quesadillas de la
penúltima oportunidad.

Había que evitar los lugares donde el propieta-
rio aparecía muy aseado y actuaba de manera com-

placiente, personificando el engaño de la prosperidad, eran los proveedores de las supuestas quesadillas normales: el fraude de la normalidad estaba muy extendido. Y se expandiría monstruosamente años más tarde durante el salinismo, todos nos pusimos a comer quesadillas normales, incluso quesadillas optimistas, que fue el nombre que comenzamos a usar cuando disminuyó la inflación, pero siempre con dinero prestado, te daban crédito hasta para comprar un kilo de tortillas, y así nos acabó yendo.

No se trataba de identificar a los desaliñados, porque lo único que garantizaban era que te diera diarrea. La clave estaba en descubrir a los empeñosos ocasionales, a quienes esa mañana se habían despertado con la convicción disparatada de que justo ese día les cambiaría la vida. Buscar a quienes se habían propuesto ejecutar proyectos ambiciosos al salir de casa, los que habían optado por autoimponerse la quimera de que conquistarían el mundo sólo porque así lo habían decidido. Iban aseados pero los delataba una mancha mal limpiada en el último momento o la exagerada cantidad de betún que habían embarrado en los zapatos. Ahí se manifestaba ya, flagrante, la puta diferencia entre la intención y la realidad. El que quiere y no puede. El que quiere intensamente, pero de la misma manera no puede. No hay negocio más fácil que el que se teje con los hilos de la impotencia ajena.

Una táctica más sencilla era detectar los lugares nuevos, los que cambiaban de dueño, los que volvían a abrir después de enfermedad o problemas financieros. Aprovechar el optimismo de los inicios y las reincidencias. Allí se servían las mejores quesadillas, las quesadillas de la penúltima oportunidad, rebosantes como promesas de un futuro esplendoroso, un futuro donde se imaginaba facilonamente que si las cosas se hacían bien, tarde o temprano llegaría la comodidad del éxito. Sin embargo, eso sólo pasaría en otra vida, o al menos en otro país, por eso no podía confiarse en la regularidad de las quesadillas. Donde ayer se comían las deliciosas quesadillas de la penúltima oportunidad hoy se comían quesadillas devaluación, y mañana quesadillas de pobre. Así era la vida, así era este pinche país especialista en desabrigar ilusiones. Pero lo que era la miseria generalizada podía convertirse en la fortuna de unos cuantos, los que supieran interpretar las señales, como yo, que conseguía no morir de hambre por el simple método de explotar la ingenuidad tecnológica de la gente. Todo por arte del botón rojo: la magia del aparatito que me había llevado como venganza al darle la espalda a Aristóteles.

La casualidad es prima hermana de la confusión, las dos cabronas exigen la misma condición para propiciarse: el caos, el bendito caos. De la misma manera que no hay confusiones cuando no pasa nada o cuando todo está muy tranquilito, tampoco hay casualidades. Basta encomendarse con abandono al río de los hechos, entregarse de manera distraída al juego de las causas y los efectos, para que empiecen a madurar las sandías. Entonces nos sorprendemos, cuando el arbusto se enreda en nuestros tobillos, pero igualmente disfrutamos del dulce jugo de sus frutos, mientras escupimos las semillitas: ¡pero qué confusión!, ¡ay, qué casualidad! O sea: que no sé cómo sucedió, que fue una casualidad el haber descubierto los poderes del botón rojo. Puedo imaginarme que ni siquiera los advertí a la primera ocasión, típico de las casualidades, tienen que materializarse una vez y otra para que se las perciba, y luego más veces para que se las clasifique como tales. ¿Cuántas casualidades se habrán perdido por la falta de atención de sus víctimas? ¡La vida sería la fiesta de las coincidencias!

Estaba en una fondita en San Juan, mendigando entre los peregrinos, cuando descifré la correspondencia entre la activación del botoncito y el funcionamiento de la tele que tenían encendida en un rincón –una estrategia magistral para embrutecer a los clientes y distraerlos de la calidad de las quesadillas, vigente hasta nuestros días. Apreté el botón y la señal se perdió. Era la hora de la telenovela, ¡cuidado!, todo el mundo andaba con la terrible duda de si finalmente los ricos iban a llorar de una puta vez. Lo presioné de nuevo y la señal volvió para alivio mundial. Lo hice de nuevo, y de nuevo. Y otra vez. Quería certificar el traslado de la casualidad a los terrenos de la causalidad. Hizo erupción un desconsuelo sobreactuado en perfecta consonancia con la naturaleza de su origen. Abusando de la cercanía, la gente imploraba a la Virgen que solventara las dificultades técnicas de la recepción. Mandé la señal de vuelta a la estratósfera y me dirigí a la dueña del localito, quien meneaba la antena de la tele con un vigor propio de batir huevos a punto de nieve:

—Yo puedo arreglarla, ya sé lo que le pasa.

Su respuesta fue ignorarme, por culpa de mi apariencia cochambrosa y del prejuicio que las masas tienen sobre los conocimientos de electrónica de los adolescentes.

—Mi papá es técnico, a eso se dedica y yo le ayudo en el taller.

El desafío rasgó el desconsuelo, transformándolo en indignación defensiva, ¡qué va a saber ese pinche mocoso!, era el rumor que se puso de moda, no querían vender tan barata su esperanza, pero las señoras estaban al borde de la histeria por no saber si finalmente la pendeja de Mariana iba a enterarse de los engaños del cabrón de Luis Alberto. Era como la tercera vez que repetían la telenovela, todos sabían de memoria el desenlace, sin embargo, a la gente le gustaba un chingo volver a sufrir ajeno.

—Si la arreglo me da de cenar, cinco quesadillas, no, mejor seis. Si no la arreglo no me da nada.

99

—Te doy tres si te apuras.

—Cuatro y bien gorditas.

—¡Ah, que la chingada! Ándale pues, pero córrele.

La fortuna quiso que la causalidad se extendiera y que lo que funcionaba para las televisiones sirviera igual para las batidoras, licuadoras, radios, videocaseteras y cualquier aparato electrónico. La causalidad no era una enredadera, era un árbol frondoso que regalaba sus frutos puntualmente, sólo había que vigilar su maduración y no dejarlos caer al suelo.

El trabajo consistía en disfrazar de verosimilitud mis capacidades técnicas. Las primeras veces me limité a desconectar el aparato en cuestión y pegarle unos certeros madracitos, herencia pedagógica de mi madre. Luego, a pesar de que por cautela no repetía nunca el escenario de mis hazañas, me fui orientando al barroco, fingía que no podía arreglarlo a la primera, ni a la segunda, decía que era un caso complicado y así regateaba una mayor compensación. La tercera siempre era la vencida, pues no quería contradecir la creencia popular, ¡no muerdas la mano que te da de comer! Cobraba en especie la mayoría de las veces, aunque para los lances más atrevidos exigía el pago en metálico. Invertí parte de las ganancias, compré un juego de desarmadores, unas pinzas, cables de colores, mis presentaciones se fueron sofisticando con el paso del tiempo.

100

–Uf, me lo temía.

–¿Qué?

–Esto le está pasando a todas las Moulinex.

Mi víctima miraba la licuadora como si fuera una cuñada que acabara de hacerle una traición bien gacha.

–¿Y ahora?

–Hay que cambiar el difusor.

–¿El difusor? –A veces era el difusor, otras veces el reboque, la pichancha o el eje.

–Sí, no se preocupe, yo se lo consigo barato, hay un lugar donde los venden usados.

Hasta que llegó el día en que mi fama era tal que empezaron a buscarme para arreglar aparatos que yo no había descompuesto. Además, tanta casualidad de vez en cuando hacía surgir la sospecha e iba adquiriendo aires de amenaza. Entonces decidí que era el momento de irme de gira: Jalos, San Miguel el Alto, Pegueros, Tepatitlán, en cuatro meses estaba en Zapotlanejo, tocando a las puertas de Guadalajara. Me despedía de cada pueblo con una actuación espectacular, una operación complicadísima en la que me enfrascaba durante horas y por la que exigía el dinero necesario para el boleto de autobús y los gastos para los siguientes días, que dedicaba a explorar el nuevo territorio. Tuve una crisis en Pegueros, donde el aparatito dejó de funcionar, pero rápidamente descubrí que sólo tenía que cambiarle la pila. En Tepa un policía me estuvo inte-

101

rrogando, dónde vivía, quiénes eran mis padres, pero había tantos niños en la calle que vio clarito la inutilidad de sus intereses humanitarios y me dejó en paz.

Resultó que mi papá tenía razón en parte, al menos en ese pedazo del mundo las ciudades podían ser más grandes o más pequeñas, más feas o más bonitas, pero eran la misma pinche cosa. De cualquier manera, sobrevivir era un pasatiempo que no me dejaba tiempo libre para las especulaciones ontológicas. Era como en casa, sólo que la competencia se había multiplicado exponencialmente. Encima del mundo había un manoteo de la chingada, millones de manos con sus diez veces millones de dedos, en lid para agandallar sus frutos. Al menos los frutos eran más variados, no había sólo pinches quesadillas, había gorditas y huaraches, tamales y tacos de canasta. Claro, yo seguía prefiriendo las quesadillas, porque no podía pagarle a un psicoanalista, pero de vez en cuando me aventuraba en los ignotos territorios de la diversificación. El mundo del nixtamal era amplio y vasto.

Mi destreza no era tanta como para abandonar las enredadas sábanas de la pobreza, pero no pasaba hambre, comía todos los días, y de vez en cuando me permitía un colchón y un baño en el cuartito de una pensión. Recordaba a Jarek casi todos los días, ¿qué haría el pobrecito en mis circunstancias?, no duraría ni tres minutos vivo en los callejones sin salida a los que la vida me mandaba. Los ositos podrían hacer lo que quisieran en sus bosques de fantasía, pero la calle era de los humanos. Me andaba naciendo, esplendoroso, mi orgullo de pobre.

A la mayoría de los seres con los que compartía condición –fueran por igual humanos o perros–, la calle les había exaltado el sentimiento gregario como fórmula defensiva de supervivencia. Actuaban en grupo, seguros de que de esta manera sus probabilidades se multiplicarían, sin embargo siempre había que dividir los resultados y la ecuación no era rentable: cuando las probabilidades se multiplicaban por tres, los resultados se dividían entre ocho. Yo me mantenía solo, por razones aritméticas y sobre todo por estar harto de ejercitar la negociación del estira y afloja. Para eso me habría quedado en casa.

En cada pueblo, sin falta, al segundo día un contingente de desarrapados me confrontaba. Me habían estado vigilando sin que yo me diera cuenta, en eso me llevaban ventaja, conocían las calles y los rincones de memoria, y se percataban de cualquier anomalía muy rápido. El líder siempre era el de mayor edad, la calle replicaba el modelo familiar.

–¿Cómo le haces?

–¿Para qué?

–Para arreglar los aparatos.

–Sé electrónica.

–Enséñanos.

–No.

–Danos el dinero.

–No tengo, trabajo por comida.

–Mentira, te hemos visto cobrar.

–Es para las refacciones.

–Danos comida.

–¿Por qué?

–Porque sí.

–Ah.

–No te hagas pendejo.

–No, pos no.

–Te vamos a chingar.

–¿Cómo? –Mi actitud no era bravucona, en la cadena alimenticia yo podría ser una ameba, pero ellos eran plancton.

–Deja de hacerte pendejo.

–¿Saben a quién le arreglé ayer un radio? A la policía.

La amenaza implícita nunca fallaba. No fue la codicia la que acabó desmontando mi estrategia de supervivencia, como enseñaban las telenovelas, a las que les gustaba tanto advertirle a los pobres sobre los peligros cabroncísimos de querer ser rico. Fue otra vez la casualidad, la misma hija de la chingada que me lo había dado todo. Una mañana estaba ejecutando una operación rutinaria en una juguería de Tonalá cuando un encorbatado se puso a vigilarme.

—Eres bueno, cabrón.

—Gracias, señor, mi papá me enseñó, tenía un taller en San Miguel.

—No te hagas pendejo, no sabes ni madres de electrónica, no sé cómo le haces, pero está bueno el truco.

Se me alebrestaron los nervios y comencé a violar mis reglas, a hacer cosas que nunca hacía, desarmé una pieza, quité un cable.

—Tranquilo, tranquilo, termina, cuando acabes hablamos.

Me demoré lo más que pude, era absurdo pues se trataba de un pinche extractor de naranjas, tuve que pedir perdón y prometerle a la juguera que no le cobraría. Pensé que el encorbatado se cansaría de esperarme, pero tenía toda la paciencia del mundo, estaba tan campante que simulaba que sus minutos tuvieran cien segundos. Había armado tal desmadre que las piezas ya no encajaban, de pronto hasta estaba intentando ensartarle una antena al extractor. Al final me rendí y tuve que pagar por mi pendejada. Es la garantía, le repetía a la juguera, como si yo fuera el representante de General Electric. El mundo al revés, es lo que pasa cuando tropiezas con los enredos de la casualidad. Quise escapar, pero el encorbatado me lazó con el prestigio de su corbata y me arrastró con una invitación a desayunar en el restaurante de la esquina.

Era el tipo de lugar que yo nunca habría osado pisar, no por un juicio quesadillesco, sino por el triste método de la autonivelación socioeconómica. Quiero decir que había dos televisiones, y más aún: había meseros. El que nos espiaba a lo lejos dudaba entre tomar la orden o llamar a la policía. El lugar reventaba de encorbatados y secretarias, resultaba inevitable imaginarse el fenómeno paralelo: ventanillas y escritorios vacíos y un montón de gente formando hileras de exasperación contenida. La resignación se ensaya en las filas de espera.

—¿Qué quieres?

—Quesadillas.

—¿De qué?

—De queso.

—Ah, ¿te cae?

El encorbatado revisaba la carta buscando argumentos culinarios para mi escarnio.

—Hay de flor de calabaza, de chicharrón, de rajas y de huitlacoche.

—De chicharrón.

—¿Cuántas?

—Cinco.

—Tres.

—Cuatro.

—Tres.

Convocó al mesero con un impercetible asentimiento telepático, a lo que el otro respondió trayendo consigo su presencia, engalanada con un moñito negro que apretaba el cuello de una percudida camisa blanca. El mesero se acomodó en una postura diligente, agitando libreta y pluma para fingir la urgencia del momento, como si fueran a dictarle el número del próximo sorteo de la lotería. Pero no nos burlemos: se estaba jugando la propina. Resultaba que todo el mundo estaba sobreactuando todo el tiempo, representando un guión repleto de lugares comunes, lo cual no era difícil de entender, visto el sistema de distribución de la riqueza que había seguido el país.

—Dos quesadillas de chicharrón, unos chilaquiles con pollo y dos jugos de naranja.

—No hay jugo de naranja.

—Pues los traes de la juguería de al lado.

Se libró una trepidante lucha entre la corbata y el moñito, que llegó a su punto álgido cuando el encorbatado le auguró al mesero que si viviera en Estados Unidos moriría en la miseria y se zanjó con la aceptación del segundo a caminar cincuenta metros a cambio del derecho a la reventa. Después de pactar el porcentaje de sobreprecio, el mesero se largó prometiendo rapidez, eficiencia y fidelidad eterna.

—Hasta para cagarla eres bueno, ¿dónde está el truco?

—No hay truco.

—Y yo tengo cara de pendejo. No te equivoques, yo no soy como los pendejos a los que les

107

chingas la lana. ¿No viste con quién estás hablando, pendejo?

Parecía querer decirme que en el mundo había dos tipos de personas: las que vestían corbata y los pendejos. Independientemente de la elegancia de la corbata, brillaba con el lustre que sólo confiere la insistencia en el uso. El desgaste textil era compensado con la calidad de la interpretación del encorbatado, que era un llamado a la intriga, al mundo de lo abstracto.

–¿Cómo te llamas?

–Oreo.

–¿Como las galletas?

–No, me llamo Orestes, pero me dicen Oreo.

–No chingues, ¿eres griego?

–No, de los Altos, son cosas de mi papá.

–¿Cuántos años tienes?

–Dieciséis.

–¿Trece o catorce?

–Quince.

–¿Trece o catorce?

–Catorce.

–¿Seguro?, ¿cuándo naciste?

–En el setenta y tres.

–¿Y cómo le ibas a hacer para tener dieciséis?, ¿ibas a adelantar el tiempo dos años?

–¿Eh?

–¿Desde cuándo andas en la calle?

–Desde hace seis meses.

–¿De dónde eres?

–De San Miguel.

–Sí, ya te vi los dientes. ¿Por qué te escapaste de casa?

–No me escapé, me perdí.

–Nadie se pierde si no quiere. ¿Tu papá se emborrachaba?, ¿te pegaba?, ¿te la metía?

–No, no, me perdí, de veras, y ya no quise volver.

–¿Cómo te perdiste?

–En la tienda del ISSSTE.

–No mames.

–Es que había mucha gente, porque la tienda había estado cerrada muchos días.

–¿Por qué?

–Porque los del gallito habían ocupado la presidencia municipal y...

–La cagaste, entonces no eres de San Miguel. Empieza de nuevo. ¿De dónde eres?

–De La Chona.

–De Lagos.

–De Lagos.

–Sí, ya te vi los dientes.

Volvió el mesero de su excursión con las manos vacías. Dado que podía achacar el fracaso a razones técnicas, no se le habían quitado las ganas de retar. Precisamente para comunicar este tipo de noticias era imprescindible que vistiera el moñito: las excusas agradecen la elegancia.

—No hay jugo de naranja, se descompuso el extractor.

—Ah, ¿te cae?, pues entonces dos coca-colas.

—Son ochocientos mil pesos.

—¿De qué?

—De ir a buscar los jugos.

—Pero si no trajiste ni madres.

—Pero fui, cumplí con mi parte.

—Ni madres, son los riesgos del negocio, mi amigo, ni modo.

El mesero se fue a vengar su derrota a la cocina. Me quedé dudando si escupiría en las quesadillas o camuflaría sus mocos en el queso gratinado de los chilaquiles. Yo no comería nada de lo que nos sirvieran allí, en el hipotético caso de que algún día nos trajeran la comida.

—¿Por qué te fuiste de casa?

—Porque vivíamos en el cerro y estaba bien pinche aburrido.

—Eso es una circunstancia, no un motivo, no sirve.

—Tenía hambre, éramos pobres y tenía muchos hermanos.

—Muy bien. ¿Cuántos hermanos?

—Seis.

—No, seis no son muchos. Mejor once. ¿Cuántos?

—Once.

—Once. ¿Con quién te escapaste?

–Solo.

–Mentira, a tu edad necesitas que alguien te empuje, un hermano mayor.

–No, mi hermano gemelo.

–¿Tienes un hermano gemelo?

–Ajá, pero no somos iguales.

–¿Qué pendejada es ésa?

–Somos gemelos de mentira, somos gemelos pero no nos parecemos nada.

–No, no sirve, no mames, ¿qué pinche confusión es ésa? Mejor un hermano mayor.

Por lo visto, ya había tenido mucho pinche Aristóteles en mi vida, ahora tocaba Sócrates, sólo que un Sócrates invertido, que en lugar de sacarte la verdad de adentro te la metía, era un Sócrates activo.

Llegaron los refrescos, que el mesero destapó en nuestra presencia como para avisarnos que no debíamos preocuparnos por las bebidas, que nos estaba reservando lo bueno para después. Miré a trasluz la botella, recordando que mi abuela una vez había ingerido una cucaracha mediante la técnica de beber una coca-cola confiadamente. El encorbatado no se preocupó por supervisar la calidad de la suya, en la que flotaba una nata delgada que se volvía más densa en el fondo –en realidad esta descripción no es válida desde el punto de vista científico, la posición de la nata en el líquido dependía de su densidad, la nata del fondo tenía una mayor densi-

111

dad que la coca-cola, por eso se hundía, eran cosas de Arquímedes, pero a mí todavía no me lo habían presentado por aquel entonces. Al encorbatado le habían asignado, por su carácter ilustre, una coca-cola reserva de la casa, que empezó a beberse a largos tragos.

–¿Con quién te escapaste?

–Con mi hermano mayor.

–¿Adónde querían ir?

–A la Mesa Redonda

–¿Al cerro? ¿Para qué?

–A esperar a los extraterrestres.

–A ver, chingada, ¿quieres aprender o no? ¿Adónde querían ir?

–¿Aprender a qué?

–¿Cómo a qué?, ¡a hablar!

–Yo ya sé hablar.

–Ah, ¿te cae? Pues dices puras pendejadas que no sirven para nada.

–Y también sé declamar.

–¿En serio?, a ver.

Y yo:

Suave Patria: te amo no cual mito,
sino por tu verdad de pan bendito;
como a niña que asoma por la reja
con la blusa corrida hasta la oreja
y la falda bajada hasta el huesito, etcétera.

–¡No mames!, mejor ahí le dejamos. ¿Adónde querían ir, entonces?

–A Disneylandia, queríamos ir a Disneylandia.

–¿A esta edad?, no chingues. ¿Adónde querían ir?

–A Polonia.

–Polonia no es ninguna parte, no mames.

–A Guadalajara.

–¡Eso! ¿Para qué?

–Para vivir.

–Para estudiar.

–Para estudiar.

–¿Qué querías estudiar?

–La secundaria.

–No seas pendejo, después, ¿qué querías ser cuando fueras mayor?

–Profesor.

–¿Para morirte de hambre? ¿Que no quieres salir de pobre? Mejor médico.

–Doctor, quiero ser doctor.

–Muy bien, pero no estás estudiando.

–No, me separé de mi hermano y ahora tengo que pedir dinero.

–¿Por qué te separaste?

–Nos peleamos. –Le señalé la cicatriz que me atravesaba el pómulo, la vileza del gesto me sacó unas lagrimitas de vergüenza.

–¡Muy bien!, ya estás entendiendo, eso le encanta a la gente. ¿Por qué se pelearon?

–Por una quesadilla.

–¿Qué?

–Nomás teníamos dinero para una quesadilla.

–¿Y no la compartieron, como buenos hermanos?

–Nos agarramos a madrazos para ver quién se la comía.

–Excelente. ¿Quieres trabajar conmigo?

–¿A qué se dedica?

–Soy político.

–¿Y se gana dinero?

–¿Tú qué crees?

–Mi papá dice que los políticos son pendejos.

–Es parte del negocio, dejar que la gente crea que somos pendejos. ¿Dónde está la pinche comida? Este cabrón nos está chingando.

Al tiempo que el encorbatado se aprestaba para liquidar sus relaciones con el mesero, floreció la enredadera suprema: en la tele apareció una fotografía de mis padres. Era una imagen reciente, pues podía verse clarito que su tristeza había alcanzado una apariencia aristocrática: como si estuvieran tristes desde hacía generaciones. La televisión estaba silenciada, pero en la parte inferior de la pantalla podía leerse el resumen de la noticia: PADRES PIERDEN 7 HIJOS.

Presioné el botón rojo y levanté la coca-cola del encorbatado para mostrarle la mierda que se había estado tomando. El movimiento era ya de por sí complicado: meter la mano derecha al bolsillo del pantalón para apretar el botón, al mismo tiempo que levantaba con la mano izquierda la botella. Había una dificultad adicional: era yo quien ejecutaba los movimientos. Nuestra descoordinación motriz podría no ser genética, pero mi madre tenía razón: era real, *existía*. La coca-cola describió una voltereta en el aire y golpeó al encorbatado en la quijada, los restos natosos se estamparon en las solapas, en la camisa y –oh, gran desgracia– en la corbata. Me lancé a la calle corriendo y ahora sí sin mirar atrás ni adelante: corría atravesando las calles sin vigilar, corría atropellando a la gente, corría entre los coches y los autobuses, desequilibrando a las bicicletas y a las motos.

Corría como si fuera un perro callejero huyendo de las promesas del director de la perrera municipal.

Erótica bovina

–Dime la verdad.

Para eso había vuelto a casa, para que me exigieran ejercer la sinceridad. Yo explicaba las cosas que me habían pasado, pero a cada una de mis historias mis padres replicaban siempre de igual manera.

–Dinos la verdad.

Yo insistía en explicarles lo mismo otra vez, con más detalles, y entonces me interrumpían.

–No digas mentiras.

–¿Mentiras?

–Mentiras –confirmaba mi papá–, si dices que es lo que no es y que no es lo que es, estás mintiendo.

Le pidieron a uno de mis tíos que viniera a visitarnos, era ingeniero electrónico y trabajaba en una fábrica de máquinas fumigadoras. Tuve que explicarles de nuevo lo del botón rojo.

–Dime la verdad –dijo mi tío–, lo que nos

119

cuentas es imposible, ¿cómo va a interferir una señal de audio con una licuadora?

—No sé, yo nomás apretaba el botoncito.

Encendían la tele y yo apretaba el botón: no pasaba nada. Encendían la licuadora: nada. El radio: tampoco. Ni siquiera entre señales hermanas funcionaba el aparatito, la tercera no era la vencida: en casa de mis padres la lógica se imponía siempre a las creencias populares. Abandonaban el experimento porque en casa no teníamos ningún otro electrodoméstico.

—Dinos la verdad.

—Habrá sido un milagro, quizá fue la Virgen —argumentaba yo por decir cualquier cosa que estuviera mínimamente relacionada con el suceso, de tanto que chingaban ya no sabía ni qué decir.

A nadie le interesaba ese cuento, por su poca consistencia, los relatos de milagros habían sido codificados desde la Edad Media y debían cumplir con unas reglas que yo no conocía. Además, con tanto trabajo la Virgen tenía que establecer prioridades, hacer milagros espectaculares y necesarios, que sirvieran para propagar la fe y el culto hacia sí misma, no iba a perder el tiempo ayudando a un pendejo a comer quesadillas. Eso sin considerar el punto de vista de la ciencia:

—No chingues, la Virgen no sabe nada de señales analógicas —sentenciaba mi tío, basado en la conjetura de que la Virgen era una persona que vi-

120

vió hace mucho tiempo, antes del advenimiento de la electrónica, y sugiriendo la herejía de que las entidades celestiales no son omnisabiondas.

También estaban intrigadísimos por saber qué me había pasado en la cara. Y tampoco me creían la explicación, en este caso no por cuestiones técnicas —estaban dispuestos a aceptar lo de la lata de atún—, sino por vicios de discernimiento paternoafectivos:

—Tu hermano no pudo haberte hecho eso —repetían—, ¿quién te atacó?

No me decían qué era lo que les gustaría que les confesara, eran socráticos de a de veras, pasivos, pretendían sacarme de adentro la información. Lo que me estaban pidiendo era que empezara de una chingada vez a inventarles unas mentiras que coincidieran con sus ideas del mundo. Pero yo no había vuelto a casa para explicar la verdad, ni para aprender a decir mentiras. Yo había vuelto porque la lucha de clases me había fatigado y quería comer quesadillas gratis. Al final, por las razones que sean, uno siempre vuelve, o uno en realidad nunca se va, y todo termina en un ajuste de cuentas con la memoria, o mejor dicho: con el lenguaje.

La gran decepción me la llevé nada más llegar a casa: me abrió la puerta Electra. Por si fuera poco, detrás de ella estaban Arquíloco y Calímaco, ¿pues no que se habían perdido? Embusteros. Habían estado desaparecidos de a mentira, fue el invento de

121

una reportera de León que tenía ganas de contar una buena noticia. Así que la tristeza acumulada de mis padres, que yo había percibido en la fotografía de la tele, era toda por culpa mía, y de Aristóteles, quien seguía sin aparecer, necio en su misión de hacer contacto con los extraterrestres y recuperar a los gemelos de mentira. Ésa era la otra gran preocupación de mis padres:

—¿Dónde está tu hermano?

Y yo volvía a la historia de nuestra pelea, al tajo con la lata de atún, les presumía nuevamente mi herida y les contaba que en ese momento nos separamos. Y ellos volvían a decirme que no dijera mentiras.

Pero no nos distraigamos de la verdadera grandísima novedad: ahora yo era el hermano mayor. Agárrense, cabrones.

Desgraciadamente, yo no era como el hijo pródigo: mis padres no me perdonaban de manera incondicional, no me habían dado una herencia para dilapidar, y encima tenía un chingo de hermanos. Lo único en lo que coincidíamos era en haber caído en la miseria y en haber regresado a casa con la cola entre las patas y apestando como perros callejeros. Si quería que me aceptaran de vuelta, si realmente quería pertenecer a esa familia —juro que eso me dijo mi madre y no se imaginan la cara que ponía—, debía pagar tributo a la dignidad de mis padres, tenía que pedir perdón a los polacos. A veces la dig-

122

nidad se consigue humillándose, parece confuso, pero no lo es: es la vida que nos toca vivir a los pobres.

–Les tienes que decir la verdad –me exigió de nuevo mi madre, por lo visto nos andábamos volviendo monotemáticos.

Tuve que hacer una lista de las cosas que habíamos robado. Fuimos a la tienda del ISSSTE a comprar los repuestos, incluidos dos paquetes de galletas María que yo puse en la lista en lugar de las Oreo. Entiende, Jarek: que vayas a chingar a tu madre, pendejo. Después de pagar la cuenta, mi papá me enseñó el recibo: la suma tenía siete dígitos. Me dijo que yo le iba a devolver esa cantidad de dinero, que me tendría que buscar un trabajo. Había perdido el año escolar y desde que volví a casa mi papá me había estado urgiendo con la amenaza de que tendría que encontrar algo de provecho para hacer. Como no me habló de actualizar la deuda con la inflación, estaba regalado, lo único que tendría que hacer era esperar un par de semanas a que la moneda se devaluara ocho mil por ciento y entonces le pagaría.

Mi madre y yo fuimos a casa de los vecinos en un horario en el que estábamos seguros de que Jaroslaw no estaría. Estas cosas se arreglan entre madres, debe haber pensado mi madre, quien quizá temía que Jaroslaw llamara a la policía. Heniuta se quedó en el umbral de la puerta, obstruyendo la entrada e ignorando las disculpas de mi madre. Cuando me tocó mi turno, tuve que decir:

—Lo siento, perdón.

Heniuta no dijo nada, se quedó conversando con el silencio. Mi madre esperaba recriminaciones, que la vecina me gritara en la cara por ser un traidor, ¿¡qué te hemos hecho!?, ¡siempre te tratamos bien!, suponía mi madre que sería lo que me reclamaría, para eso estaba preparada, para defender a su hijo, que en el fondo era bueno, nomás que estaba confundido, pero mi mamá no entendía una cosa fundamental: los vecinos no iban a reaccionar así, ellos tenían cable y estaban acostumbrados a la ficción extranjera. Jarek salió de detrás de las faldas de su madre para mirar el contenido de la mochila. Sacó los paquetes de galletas María y los extendió hacia mí.

—Toma, te las regalo.

Heniuta lo abrazó conmovida, no con la ternura que provocan los gestos humanitarios, sino con el alivio de saber que por fin su hijo estaba preparado para enfrentar la vida adulta. Mi madre volvió a pedir perdón, pero ahora por la molestia de haberlos extraído de su apacible y ociosa tarde para introducirlos en las incomodidades del conflicto de clases. Nos cerraron la puerta en la cara, sin alardes, con un movimiento naturalista, lo que produjo la inmediata reacción llorosa de mi madre, ya que ni siquiera éramos dignos de un portazo como Dios manda. Aprovechó los diez metros que debíamos caminar hasta llegar a nuestra puerta para pasar del llanto indignado al hipo histérico. Alcanzó a repetirme seis veces:

—Nunca me había sentido tan humillada.

No era, sin embargo, el momento de compadecerse de los sentimientos heridos de mi madre. Había cosas más importantes por hacer. Ella tendría que dejar de evadirse sufriendo por mis faltas menores y sufrir por dolores que valieran la pena, ¿o acaso no seguían perdidos tres de sus hijos? Yo tenía que aprovechar la ocasión que el destino me tenía reservada de ser el hermano mayor.

Elegí para mi reinado de terror un lema contundente con el que sofocaba cualquier posible rebelión de mis hermanos menores.

—Ustedes no saben nada, pendejos.

El lema admitía algunas variantes, dependiendo de la circunstancia:

—Ustedes no han visto nada, pendejos.

O también:

—Ustedes no han vivido, pendejos.

Calímaco era quien tenía más curiosidad por descubrir cómo era el mundo más allá de La Chona. Arquíloco estaba demasiado ocupado digiriendo la frustración de haber pasado a ser el segundo y Electra era muy pequeña para interesarse por otra cosa que no fuera entender la razón por la que su muñeca y las de sus compañeras del colegio eran tan diferentes.

125

–¡Cuéntame! –me suplicaba Calímaco.

–Pegueros es imponente –le decía–, hay unos edificios altísimos, de cien pisos, y todas las casas tienen alberca. El problema son los cocodrilos.

–¿Cocodrilos?

–Sí, hay cocodrilos por todos lados.

A cambio conseguía que fuera mi esclavo: traía hasta mí las cosas que se encontraban a la distancia, le exigía que me hablara de usted –y que me dijera *señor, sí, señor*–, cumplía las tareas de la casa que tendría que hacer yo –no eran muchas, ni muy pesadas, debido a la compulsión de mi madre, pero yo tenía que mantener ocupado al esclavo, sin descanso, para que no tuviera tiempo de pensar y rebelarse. Arquíloco se mantenía al acecho, sobreactuando una indiferencia a la que se le había extraviado la indolencia, era una indiferencia de lo más interesada. A la hora de las quesadillas, en cuanto encontraba la ocasión, intentaba desenmascararme, en la tranquilidad relativa que habíamos ganado con la reducción de treinta dedos en las maniobras sobre la mesa.

–Papá, ¿sabías que en Pegueros hay cocodrilos en todas las albercas?

–En Pegueros no hay cocodrilos –me adelantaba yo, aprovechando que mi padre tardaba en reaccionar por culpa de la estupefacción que le seguían causando las noticias, hasta parecía que fuera extranjero y que todavía no entendiera en qué clase de país

126

vivía, aunque hay que decir, en su descargo, que realmente los políticos demostraban altísimas dosis de ingenio cuando se trataba de chingar. ¡Y todavía no sabía cómo se las iba a gastar Salinas!

—Donde te dije que vi los cocodrilos fue en el zoológico de Guadalajara.

El alboroto que provocaba la mención del zoológico me servía para mirar a mi padre directamente a la cara, para que se enterara de una puta vez de la naturaleza de mi rebelión. Aunque hubiera vuelto a casa, por comodidad, yo ya no era el mismo. Había cambiado, mi visión del mundo se había ensanchado más allá de los confines del municipio, era ya una visión estatal. Si él decía que todo el mundo era igual, yo iba a defender que los huizaches ni siquiera existían.

El promedio de quesadillas y su gramaje se habían incrementado por la reducción de la familia, es verdad, pero no en la medida que yo hubiera esperado. En las noticias estaban hablando todo el tiempo de los pactos, pactos de crecimiento, pactos de solidaridad, era la manera que había elegido el gobierno en funciones para cumplir con su misión de chingarnos la existencia. Mi papá seguía fiel a su sana costumbre de insultar a todos los políticos, aplicando una virulencia proporcional a la devaluación del peso.

—Ah, pues con eso ya está bien, hijos de su pendeja madre, ¡¡que no estudiaron matemáticas!?, ¡¡cómo pueden ser tan chingadamente imbéciles!?, ¿¡no ven que la gente se está muriendo de hambre!?, ¿en qué pinche planeta viven?

Subían los salarios un dieciocho por ciento, con una inflación del doscientos por ciento y una devaluación de tres mil por ciento. Las enredaderas crecían encabronadamente, pero éstas no daban ni una pinche sandía. Bueno, a veces fructificaba una sandía, una, pero había que repartirla entre millones y estaba seca y desabrida.

—Yo conocí a un político.

Eso se me ocurrió decirle una noche a mi papá, para ver si lograba salvarlo del suicidio inminente, no era por lástima, todo lo contrario, quería que sobreviviera y que siguiera viviendo en este país, ése era su castigo.

Se levantó sin soltar la quesadilla que agarraba con la mano derecha, me sacó de la mesa de un tirón y se encerró conmigo en su cuarto.

—¿Fue él quien te hizo esto en la cara? —me tocó la cicatriz del pómulo con la orilla de la quesadilla.

—No, eso me lo hizo Aristóteles, ya se los dije.

—¿Por qué mientes? Dime la verdad: ¿fue él?

—No, que no.

—¿Dónde lo conociste?

—En Tonalá.

—¿En dónde, cómo?

—En una juguería, me invitó a desayunar.

—¿Qué te pidió a cambio?

–Nada.

–¡No mientas! ¿Qué te hizo?

–No me hizo nada.

–¿Crees que soy pendejo? ¿¡Qué te pidió a cambio!? ¿¡Qué te hizo!?

–Nada, quería que trabajara con él, pero me escapé.

–¿Te escapaste?, ¿te tenía encerrado?

–No, me escapé cuando desayunábamos, bueno, no desayunamos, nunca nos trajeron la comida.

–¡Deja de decir pendejadas! ¡Esto es importante! ¿¡Qué te hizo!? ¿Estás bien?

–Sí, sí, estoy bien, de veras no me hizo nada.

–¿Cómo era?

–Usaba corbata.

–¿Pero cómo era, físicamente?

–No sé, nunca me fijo en esas cosas.

A partir de entonces, mi padre empezó a mostrarme fotografías del periódico. ¿Es éste?, ¿es éste?, me preguntaba, pero nunca era el encorbatado. En ésas estábamos cuando una tarde el Agente Greñas vino a visitarnos. Chingó a su madre, pensé cuando lo vi en el umbral de la puerta: aparecieron los gemelos de mentira. Pero los gemelos no habían aparecido, venía a detenerme. Jaroslaw me había denunciado por robo y allanamiento de morada. Mis papás podrían haber detectado cierta ironía en el hecho de que al final la policía en lugar de devolverles hijos se los llevara.

Afortunadamente, la criminalidad del pueblo no había alcanzado todavía suficiente número y prestigio como para merecer una cárcel propia, menos aún un centro de detención de menores. Nuestros infractores de la ley lo hacían por hambre, por desesperación amorosa, por borrachos o porque en realidad estaban locos y tampoco había un hospital psiquiátrico cerca. Había una estación de la policía en el centro, en la que además de las oficinas administrativas se acondicionaron cinco jaulas a las que denominaban con el distinguido apodo de *separos*. Si el papeleo de los administrativos prosperaba, los huéspedes de los separos eran trasladados al penal de Puente Grande. Eso pasaba muy pocas veces, porque Puente Grande estaba atascado de criminales de a de veras, y porque los nuestros daban pena de tantos atenuantes que les encontraban al investigar sus andanzas. Puro pinche criminal chafa. En la actualidad ya hay un penal en Lagos, el cual sirve como pretexto perfecto para que la gente del pueblo, y sobre todo los curas, diagnostiquen una y otra vez, una y otra vez, que es porque ya no hay valores.

Me metieron a una celda para hacerle compañía a un indigente borracho, quien no podía encontrar mejor lugar para dormir la cruda, y —sorpresa: una sandía jugosísima— a un primo segundo de mi padre, que tenía fama de mariguano y al que le apodaban Pink Floyd. Fue la única deferencia que tuvo el Agente Greñas con mi padre, concederle una celda para la familia.

–Qué bueno que estás aquí –le dijo mi papá a Pink Floyd, aliviado por la coincidencia de nuestros enredos legales.

–No, pos sí, yo encantado –le contestó mi tío.

–Te lo encargo.

Sólo faltó que mi papá dijera: es inexperto en vivir en jaulas. Pero en cambio era experto en vivir en cajas de zapatos.

–Aquí voy a estar, no te preocupes.

Mi padre se fue a casa de los vecinos, a convencer a Jaroslaw de que retirara la denuncia. El Agente Greñas le había dicho que era la solución más sencilla, de lo contrario corría el riesgo de que me trasladaran a un centro de menores en Guanajuato.

–Pero es otro estado –se quejaba mi papá–, no pueden llevárselo a otro estado, en todo caso tendrían que trasladarlo a Guadalajara.

–Se lo llevarán a Guanajuato, que es donde Jaroslaw conoce gente.

–Eso es ilegal.

–Ilegal es meterse en casa ajena y robar.

Por un momento pensé: al fin voy a conocer León, pero no pude concentrarme en esa posibilidad, porque Pink Floyd me mantenía distraído de mi desgracia. Resultó que el abuelo había descubierto su plantío de mariguana en la huerta. Lo había tenido escondido por años al fondo del terreno,

131

detrás de la milpa, pero de un día para otro al abuelo se le había ocurrido ordenar que levantaran toda la milpa para sembrar sandías.

—¿Sandías?

—Sí, sandías, tu abuelo está viejo, se le zafó un tornillo.

La diferencia de mi tío Pink Floyd respecto de los otros adultos era que al contarle cómo había caído en la cárcel él no me corregía, ni me decía que era mentira o me exigía contarle la verdad. No era ni aristotélico ni socrático, era valemadrista radical, que es la versión nacional del relativismo. El único reparo que puso a mi historia fue la elección del destino para el encuentro con los alienígenas.

—¿A la Mesa Redonda? La cagaron, a donde vienen los extraterrestres es a Cuarenta.

A él le parecía la cosa más normal del mundo que Jaroslaw hubiera puesto la denuncia, decía que lo había hecho para que escarmentara, que el trabajo más duro de los ricos era controlar a los pobres, asegurarse de que no se rebelaran.

—Lo que tienes que hacer es no escarmentar. Te sueltan y vas de nuevo a robarles, que escarmienten ellos. Los rateros son ellos, los que controlan los medios de producción, como decía el abuelo Marx. ¿Has visto el precio de la leche? Vas un día a la tienda y el litro vale doscientos mil pesos. Te tomas un chocomilk, un plato de cereal y te haces un licuado. Vuelves a la tienda al día siguiente. ¿Cuánto vale el litro? ¡Siete millones! La leche es la misma, las vacas están aquí al lado. ¿Y de quién son las vacas? ¡De nadie! Las vacas no son de nadie. Las vacas son de todos. ¿Entiendes? Entonces al otro día te levantas a las cinco de la mañana, te metes a un rancho y ordeñas a una hermana vaca. ¿Y qué pasa si te agarran? ¡Te meten a la cárcel, maestro! Los ricos usan la cárcel como si fuera el rincón de los castigos. Tu abuelo también.

–Pero mi abuelo es pobre.

–¿Tu abuelo pobre?, ¡tiene dos hectáreas de tierra!, además tú tampoco eres pobre, no sé de qué te quejas, tú eres de la parte acomodada de la familia.

En esto mi tío Pink Floyd y Aristóteles se compenetraban: según Aristóteles, casi éramos millonarios entre los peregrinos, y, según Pink Floyd, yo era rico nomás por tener unos primos que de veras eran bien pinche miserables.

–A ti te chingaron con el nombre. Tengo un camarada gringo que me contó que en Estados Unidos les dicen Oreo a los negros que quieren ser blancos. Como las galletas: negros por fuera y blancos por dentro. Ése es tu karma, maestro, nunca vas a estar contento con lo que eres. ¿Sabes qué es lo primero que vas a hacer si llegas a tener dinero? Arreglarte los dientes.

¿Para qué necesitas un psicoanalista si tienes un tío mariguano? Un tío, además, al que no le avergonzaba mostrarte una mancha idéntica al continente africano que tenía estampada en los incisivos superiores. La solución, sin embargo, era más sencilla, y más barata: aprender a hablar, a reír, a masticar, en resumen, aprender a usar la boca sin enseñar los dientes.

Llegó mi papá acompañado de Jaroslaw, quien se puso a firmar unos papeles para autorizar mi liberación. Quien no conociera a mi padre pensaría que había llegado a un acuerdo razonable con Jaroslaw y que además había reconducido la situación a la tranquilidad que siempre garantiza el interés mutuo por guardar las apariencias. Jaroslaw le estaba contando sobre un proyecto para fraccionar el cerro de la Chingada, y parecían lo que no eran: un par de vecinos comentando la actualidad del vecindario. Así son las apariencias, traicioneras, hijas de la chingada. Pink Floyd sí que conocía a mi padre e interpretaba la escena a la perfección:

—Tiene habilidad, tu papá, ni siquiera parece que le esté lamiendo el culo.

Jaroslaw había tenido el mal gusto de esperar a que yo saliera de la jaula para palmearme la espalda y confirmar las teorías de mi tío Pink Floyd.

—Es por tu bien, muchacho, ya lo verás, un día me lo vas a agradecer.

Era como que te cortaran la pierna derecha por una gangrena y un día se te cayera un vaso de las manos y se hiciera añicos en el suelo, justo en el lugar donde debería estar tu pie derecho, y tú dijeras:

uf, qué bueno que me cortaron la pierna. No tuve tiempo de responderle nada, porque Jaroslaw volvió al ataque mediante el desconcierto.

—Nos vemos el lunes.

En el trayecto de vuelta a casa, mi papá eligió usar el silencio como método para atormentarme. Yo no sabía cómo reaccionar a semejantes estrategias —un silencio dedicado específicamente a mí–, no sabía si debería contribuir con mi mutismo o si tendría que interrumpirlo con disculpas o conversaciones evasivas. Tampoco sufría, nomás no estaba entendiendo nada. ¿Cuándo iba a empezar a regañarme, a amenazarme, a explicarme las consecuencias de mis actos? ¿Y qué era eso del lunes? Decidí esperar, aguantarme, dejar que mi padre creyera que su mudez estaba surtiendo efecto.

El silencio siguió haciendo de las suyas, extendiendo su prestigio sobrevalorado como acompañante imprescindible de los momentos graves. No era un silencio para reflexionar, uno de esos silencios absolutos en los que parece que se detiene el tiempo. En la camioneta se metían los ruidos de la ciudad, y la propia camioneta era una fuente inagotable de rechinidos en su camino hacia el destartalamiento final. Podía llamársele silencio sólo porque los dos nos manteníamos con la pinche boca cerrada. De pronto me pareció que el juego era ver quién caía en la debilidad de hablar, que lo que mi padre quería era que yo le suplicara que saliera del silencio, que le rogara que me pusiera en mi lugar. Que yo exigiera mi castigo.

—Perdón, papá, lo siento mucho.

La mano derecha de mi padre abandonó por un momento el volante y apretó suavemente mi nuca, como si quisiera desnucarme, pero con una técnica desarrollada para matar pollos sin que se den cuenta. Imaginé una granja de pollos donde trabajaba un verdugo cariñoso. Comenzó a contarme cómo era Lagos cuando él era niño, que toda la gente se conocía y se saludaba por la calle, que en temporada de lluvias se metían a nadar al río —que entonces no estaba contaminado—, que podías trabajar en las huertas a cambio de que te regalaran fruta. Que cazaban torcacitas y las asaban en fogatas. Que había conocido a mi madre cuando tenía mi edad, en una lunada, comiendo elotes chamuscados.

Yo no podía disfrutar del relato de mi padre, porque estaba esperando el giro que lo transformaría en una lección, a partir de la cual se extraerían las penas y los ultimátums. Era un salto cualitativo cabroncísimo, desde la literalidad hasta la alegoría, sin hacer escalas en la metáfora, era lo que sucedía cuando los padres pensaban que te habías hecho mayor. ¿Quería decir que el pueblo era un mejor lugar antes, cuando no había polacos? ¿Me estaba sugiriendo que buscara un trabajo en una huerta? ¿Debía apurarme para conocer una mujer?

Llegamos a casa y al detener la camioneta mi papá volvió a apretarme la nuca con cariño, miles de pollos morían en aquel momento para alimentar a la humanidad:

—A partir del lunes vas a trabajar con Jaroslaw, hasta que empieces de nuevo la escuela.

Por supuesto, el acuerdo era que Jaroslaw no iba a pagarme, yo trabajaría para compensar el daño psicológico que les había causado, y, sobre todo, para mi propio bien: para que aprendiera a trabajar, para que aprendiera el valor de las cosas. Fue lo que me dijo mi papá, lo mismo que me repitió Jaroslaw, casi al pie de la letra, el primer día de trabajo. Iba a estrenarme en la explotación económica como Dios manda. Ay, Pink Floyd, cómo quisiera que estuvieras aquí.

Mi madre también estaba de acuerdo, de hecho esperaba que el trauma de mi fugaz encarcelamiento actuara en su beneficio:

—De todo se aprende en la vida, Oreo.

¿De veras, mamá?, ¿de veras sirve de algo acumular tanto pinche conocimiento inútil?

Volví, entonces, al vagabundeo, pero éste era un vagabundeo motorizado y con una finalidad comercial: visitar los ranchos para vigilar los ciclos de celo de las vacas, entregar dosis de semen, recargar tanques de hidrógeno y, en ocasiones, realizar la inseminación. Salíamos a las cinco de la mañana y hacíamos cuatro rutas diferentes, una en la carrete-

137

ra hacia León, hasta la Ermita –los lunes–, otra en
la carretera hacia Aguascalientes, hasta La Chona
–los martes–, la del camino al Puesto –los miérco-
les– y la de la carretera de San Juan –los jueves. Los
viernes la ruta dependía de los pendientes acumulados en la semana. Parábamos a desayunar a las
ocho, a comer a las dos, y volvíamos a casa alrededor de las cinco. Por si fuera poco martirio, había
que soportar los sermones de Jaroslaw.

—Yo era pobre, como tú, mi papá tenía una pe-
luquería en el DF. Lo normal es que yo me hubiera
quedado allí, aprendiendo a cortar el pelo. Pero yo
quise estudiar, fui a la universidad, estudié veteri-
naria. Empecé a trabajar en una fábrica de lácteos,
supervisando los ranchos a los que les comprába-
mos la leche. Pude haberme quedado allí, con mi
salario seguro cada quincena, pero yo quería más.
Empecé el negocio con un montón de deudas, los
primeros años fueron terribles, pero me esforcé,
trabajé muchísimo, y mírame ahora.

Yo lo miraba. Había una cosa peor que el orgullo de pobre: el orgullo del pobre que se había vuelto rico. Me contaba su historia una y otra vez, desde diferentes perspectivas, quitando o añadiendo
detalles, cayendo en algunas inconsistencias. A veces parecía que quería decirme que esperaba que yo
hiciera lo mismo, como si estuviera aconsejándo-
me. Otras veces parecía que me dijera que los dos
éramos de diferente naturaleza, que me contaba su

historia para que entendiera por qué yo nunca iba a lograr triunfar en la vida, para que me resignara. Yo lo único que entendía, de momento, era que el sistema económico era complejísimo, puesto que era posible enriquecerse preñando vacas.

En términos técnicos, lo más importante del negocio era detectar el celo de las vacas oportunamente, había que aprender a interpretar el comportamiento psicosexual de las blanquinegras. Se trataba de una labor ardua e ingrata, acuciada por la premura, ya que el celo bovino tenía una duración máxima de veinticuatro horas —pareciera que a la naturaleza le eran antipáticas las vacas o que hubiera apostado fuerte por su pronta extinción en la ruleta de la evolución. Durante el celo, las vacas se mostraban inquietas, no paraban de mugir, perdían el apetito, el ano y la cola se bamboleaban rítmicamente, aparecía un flujo mucoso cristalino y experimentaban *reflejos de abrazamiento y fricción:* un impulso por buscar, olfatear, perseguir y montar a otras vacas.

Jaroslaw lo repetía todo el tiempo: no había nada peor que inseminar a una vaca fuera de ciclo. El ganadero se quedaba prostrado ante la incertidumbre —esa hija de la chingada enemiga de los científicos—, que, como siempre, era una fuente de pérdida de tiempo —donde tiempo es igual a dinero. Tamaño obstáculo justificaba la aplicación de técnicas monstruosas. La naturaleza podría ser cabrona, pero era sabia y había decidido que quien tenía la capacidad de detectar el celo de la hembra era el macho. Sin embargo, la modernidad había encontrado en la eficacia del instinto un problema, porque el macho no podía cumplir su obligación sin ponerse caliente, montar a la hembra y penetrarla para depositar su cochino semen indeseado.

La ciencia aún no había logrado desarrollar toros razonables que informaran a los ganaderos de manera oportuna cuáles eran los especímenes en celo. Explicado así, incluso podría pensarse que los toros eran los únicos responsables de las torturas que sufrían, por culpa de ser tan impulsivos. No se podía confiar en ellos, así que el ganadero tenía que recurrir a la represión quirúrgica: fijar el pene del toro en el abdomen o desviarle la trayectoria. En el primer caso, el toro montaba a la hembra pero estaba condenado a conformarse con frotaciones –que son deliciosas, no vamos a decir que no, pero ya estando tan cerquita... El segundo caso era un mal chiste en una comedia de picardía, el toro intentaba e intentaba pero nunca atinaba.

Imaginemos el concepto que se hacen las vacas modernas de los toros.

Había una tercera posibilidad, más perturbadora: las vacas androgenizadas. El procedimiento consistía en inyectar hormonas a las hembras para convertirlas al lesbianismo. Vacas montando vacas, ¿puede haber algo más erótico?

140

Detectado el celo, sólo faltaba la parte aburrida: depositar en la vaca el semen de calidad genética contrastada. Ahí estaba el negocio de Jaroslaw: en la venta del semen de toros canadienses. Los catálogos detallaban la genealogía de cada toro y las estadísticas de sus hijas. La calidad de las ubres, de las patas, de las grupas, su carácter lechero. Algunos toros habían producido más de un millón de dosis y tenían hijas en cincuenta países. Había una película que Jaroslaw le mostraba a los clientes, *Los maestros del semen*. Era la exaltación narcisista de los tres mejores ejemplares de la empresa canadiense, se los veía pastar por campos verdísimos, con montañas nevadas al fondo, y luego se los veía acometer con furia vaginas artificiales, receptáculos diseñados para capturar su preciado semen.

El reino de la melancolía bovina: vacas que nunca habían sido penetradas y sementales divirtiéndose con hembras mecánicas.

En las ocasiones en las que Jaroslaw realizaba la inseminación, yo cumplía un papel fundamental, me encargaba de la antisepsia. Tenía que meter la mano en el ano de la vaca, sacar el excremento del recto y dejar todo aquello –ano, recto, vulva, vestíbulo vaginal– reluciente de limpio. Parece asqueroso, pero era una tarea reconfortante. El calor interno de la vaca, su mansedumbre, los ligeros temblores y mugidos que emitía y que yo atribuía a mis escarceos.

Sólo una vez Jaroslaw me permitió llegar al clímax: introducir la pistola en la vagina de la vaca y depositar el semen. Mi enguantada mano derecha entró en la vagina de la vaca apuntando en la dirección indicada, bajo la atenta supervisión de Jaroslaw.

—Así, así —me decía.

La sensación de calor en mi mano me hacía sentir como en casa, pero no en casa de mis padres, en *mi casa*, un lugar en el mundo que era mío y que me hacía intuir la comodidad que sólo puede producir el abandono de la existencia. Jaroslaw me tomó de la muñeca y confirmó la posición de la pistola.

—Ahora —me dijo—, ahora: ¡jala el gatillo!

Jalé.

Sentí que la pistola se estremecía.

Y tuve el primer orgasmo sin frotaciones de mi vida.

Justicia a Lagos

—Te tengo una sorpresa.

Eso me dijo mi papá una tarde cuando regresé de trabajar. Había elegido para la ocasión una sonrisa culpable que presagiaba una mala noticia que según él sería magnífica. Caminé a su encuentro como buen pollo obediente. En efecto: me acarició de nuevo la nuca, pero lo hizo con tanto vigor que me pareció que lo que quería era insensibilizarme la zona.

¿Una sorpresa?

Será una guillotina, pensé. Pues casi: Aristóteles había vuelto a casa. Estaban mi madre y mis hermanos rendidos a sus pies, escuchando sus aventuras, supongo, cuando me vio entrar y decidió reestablecer de golpe el orden previo a nuestra partida.

—¿Qué te pasó en la cara, pendejo?

Hacerse güey suele resultar muy convincente, iba a ser mi palabra contra la suya, su prestigio de hermano mayor contra la mala fama que me había creado el chasco del botoncito. No se puede pelear por la verdad cuando tu rival se llama Aristóteles. Nombre es destino. Mi papá pareció recordarlo por un instante, su sonrisa se ensombreció ante la posibilidad de que yo materializara la metáfora del mío y me pusiera a matar a todo el mundo de manera sangrienta. Pero yo no tenía carácter para hacer algo así, ni siquiera para suicidarme. Además, mi hermana era muy pequeña para incitarme a ejecutar crueles venganzas.

Opté por mantenerme callado y retraído, actitud consecuente con el trauma de haber perdido mi posición preeminente en la familia. El gustito no me había durado ni tres meses, no me había servido de nada, considerando la cantidad de agravios que tenía acumulados. Y, ahora, agárrate, que Arquíloco ya estaba murmurándole sus versos al oído a Aristóteles.

Nos sentamos a cenar y mi madre, para poder preparar las seis quesadillas de Aristóteles, tuvo que activar el protocolo de racionamiento. Cada quesadilla perdía alrededor de cinco gramos. Valiendo madres. Por si fuera poco, mis padres no interrogaban a Aristóteles, no le exigían la verdad, o al menos no querían hacerlo enfrente de los demás. ¿Qué iba a hacer Aristóteles? ¿Contarles sus encuentros cercanos con los extraterrestres? En lugar de especular, me decidí a ofrecerlo en sacrificio a cambio de que nos contara su versión de los hechos.

—¿Y mis hermanos?

—Están bien.

—¿Dónde están?

—Están con *ellos*.

—¿Con ellos?

—Sí, con *ellos*.

—¿Y cómo sabes que están bien?

—Me lo dijeron *ellos*.

—¿Ellos? ¿Los gemelos, los viste?

—No seas pendejo, *ellos*, no ellos.

¿Quiénes eran *ellos*? A mis papás no les interesaba sacarle la ambigüedad a la frase y encausarla a las sendas de la literalidad, fingían estar abstraídos en la tele y en el comal, una cosa era contradecirme a mí, llamarme mentiroso, y otra muy diferente hacerlo con Aristóteles: a nuestra resquebrajada familia le urgía un poco de estructura. No iban a ser justamente mis padres quienes derribaran el pilar que acababa de volver para apuntalar nuestra derruida casa.

Algo así debería pensar también Jaroslaw, quien no se preocupaba por el bien de Aristóteles, ni por controlar el riesgo que podría llegar a suponer al feliz estado de las cosas, no creía necesario que escarmentara en los separos de la policía. Yo estaba decidido a convencerlo de lo contrario, el plato de la venganza estaba tan frío que había que darse prisa. Jaroslaw tendría que enterarse de que en realidad Aristóteles había sido el autor intelectual del robo,

147

que yo me había limitado a saltar la barda y a mostrarle dónde estaban los víveres, obligado por sus promesas. Para ponerlo al tanto, aproveché la larga desocupación de mi quijada durante un desayuno, ya que de manera inevitable yo siempre terminaba antes las dos quesadillas que me correspondían que Jaroslaw sus siete gorditas.

—Quería pedirle perdón.

—¿Por qué, qué hiciste?

—No, nada, nada nuevo, digo, por lo del robo.

—Eso ya quedó atrás, no te preocupes.

—Pero antes no nos conocíamos bien y ahora quiero pedirle perdón otra vez.

—Bueno, está bien.

—Pero quería que supiera que quien organizó todo fue Aristóteles.

—No importa, ya pasó.

—Aristóteles tuvo la idea de meternos a robar y me obligó a que le explicara cómo era la casa y dónde estaban las cosas.

—Te digo que no te preocupes, déjalo.

—¿No lo va a meter a la cárcel como a mí?

—No.

—¿Por qué?

—Ya fue suficiente con uno.

Promoción: justicia al dos por uno, el problema era que a mi hermano le salía gratis y yo la pagaba completa. Y, respecto de la pedagogía derivada de mi experiencia en la cárcel, ¿qué se suponía que tendría que hacer yo? ¿Transmitirle a Aristóteles el resentimiento que me había provocado para que él también aprendiera?

—¿Él no tiene que aprender?

—¿Qué?

—Usted me dijo que era por mi bien.

—Ésas son cosas de tu papá.

¿Cuáles eran las cosas de mi papá? ¿La idea de que era posible llegar al bien a través del conocimiento empírico-traumático? ¿La idea de que es válido traicionar a un hijo organizando un complot a sus espaldas para que aprenda? ¿O nomás era el autor de la frase que todos me habían repetido aquel día?

—¿Mi papá le pidió que me denunciara?

—Yo no dije eso, ¿tú qué crees?

Esto es lo que creía: que mi papá y Jaroslaw eran unos hijos de la chingada.

—Tu papá es buena persona.

Me había salido una bomba por la culata. Al finalizar el trabajo le pedí a Jaroslaw que me dejara en el centro, con la excusa de que iba a hacer unos recados, que en realidad eran unos vulgares correve-y-dile traicioneros.

Fui a los separos de la policía a buscar al Agente Greñas. Lo encontré dedicado a la actividad antinatural de revisar un expediente.

—¿Está mi tío?

—No está, cómo crees, ni que viviera aquí.

149

—¿Se enteró de que volvió Aristóteles?

—¿De la tumba?, no chingues.

—Mi hermano, mi hermano mayor.

—Ya sé de quién hablas, era un chiste. Es que ya ni chinga tu papá con esos nombres que les puso. —Podía ser peor: tener uno de esos nombres y el pelo del Agente Greñas y su sentido del humor, pero ya saben lo que dice el dicho: Dios aprieta pero no asfixia.

—Él fue.

—¿Qué?

—Que él fue.

—¿Él fue qué?

—El autor intelectual del robo.

—Ah, chingado, ¿lo aprendiste en la tele?, autor intelectual, ¡qué elegante!

—Él me obligó.

—¿Quieres poner una denuncia contra tu hermano?

—No, no es eso.

—¿Entonces qué quieres?

—Es para la investigación.

—¿Qué investigación?

—Del robo, le estoy dando información para que puedan resolver el caso.

—¿De qué chingados estás hablando? No hay caso, Jaroslaw retiró la denuncia. ¿Quieres que se chinguen a tu hermano?, al que tienes que convencer es a Jaroslaw.

Le miré el cabello, en donde en ese momento los rizos más enredados se imponían al resto de los pelos, que se habían replegado en actitud dócil ante el avance implacable de los chinos. Seguí mirándole el cabello, porque no quería mirar su rostro, el gesto con el que yo sabía que me estaba denunciando por traicionar a la familia.

–Oye, ¿cuántos años tiene Aristóteles?

–Dieciséis.

–Aguas, que si consigues que Jaroslaw lo denuncie y no retira rápido la denuncia, a él sí lo trasladan a un centro de menores.

¿El Agente Greñas preocupado por Aristóteles? Parecía que me hubiera mudado de país. El noticiero también: de pronto ya no les interesaba continuar reportando la retahíla de porcentajes que ilustraban nuestro eterno camino hacia la quiebra. Habría elecciones al año siguiente y ahora lo único que importaba era especular sobre quién sería el nuevo orquestador de cataclismos. Era como si el presidente en funciones –y junto con él, todo el país– estuviera urgidísimo por entregarle a otro el socavón que había cavado con tanta diligencia durante los últimos años. Al mejor posicionado en la carrera presidencial mi papá sólo le dedicó dos adjetivos: enano y pelón. En los seis años siguientes, y hasta la eternidad, fue ensayando todas las variantes posibles. Pinche enano. Pelón de mierda. Enano cabrón. Enano culero. Pelón pendejo. Rata enana. Enano mamón. Pinche rata pelona. Pelón hijo de puta. Enano hijo de puta. Pinche pelón pendejo cabrón hijo de la chingada. Sin respirar.

Mi papá no estaba, sin embargo, para ocuparse del desastrado estado de la nación. Sus emergencias eran municipales: el presidente interino –que había sido impuesto después del fraude electoral, seguido por la toma y desalojo de la presidencia– estaba aprovechando la impunidad típica de su cargo, exacerbada por la condición efímera de su mandato, para autorizar el fraccionamiento del cerro de la Chingada.

Era un proyecto para construir una zona residencial en la ladera poniente del cerro –donde vivíamos nosotros–, ya que por lo visto los ricos se estaban cansando de la ajetreada vida en el centro y querían pernoctar entre los huizaches y contemplar el pueblo desde lo alto. Dado que el nombre del cerro no era un buen reclamo publicitario, el proyecto tenía el nombre pretencioso –y sarcástico, si nos lo tomábamos de manera personal– de *Residencial El Olimpo*. Para decir la verdad, Jaroslaw no sólo había tenido razón en sus predicciones inmobiliarias, sino que además estaba metido en el negocio. Daban ganas de preguntarse qué fue primero, si Jaroslaw era la gallina que andaba poniendo ese huevo o si el proyecto iba a nacer del huevo que Jaroslaw había vislumbrado. Fuera como fuera, al huevo lo andaban empollando varios socios, entre ellos las dos familias más prominentes de Lagos, las que controlaban la vida política y económica desde los tiempos de la Colonia, cuyas haciendas daba la causal casualidad de que eran clientes de Jaroslaw.

Jaroslaw y mi papá conversaban con frecuencia, en realidad era Jaroslaw el insistente: venía a casa por las noches y le pedía a mi papá que saliera para hablar en la calle. La calle, quiero decir, la brecha donde estaban nuestra casita y la mansión de los polacos, rodeadas por la pendiente del cerro. Mi papá no nos contaba nada de esas conversaciones, pero Jaroslaw se encargó de enterarme, porque me tenía reservado un pequeño papel en su plan, me tocaba empollar el huevo un ratito.

–Le estoy ofreciendo un negocio muy bueno a tu papá. Pero tu papá es muy necio y no quiere. No se da cuenta de que con ese negocio ustedes estarían mucho mejor. Tu papá tiene unas ideas muy raras. ¿Sabes de qué estoy hablando?

–No.

–¿Tu papá no les ha contado nada?

–No.

–¿No lo has escuchado hablar con tu mamá sobre esto?

–No.

–No me extrañaría que tu mamá no sepa nada. Necesito hablar con ella. ¿A qué hora se va tu papá a la prepa?

–No sé.

–¿No sabes? ¿A ti te gusta vivir en esa pocilga?, ¿no te gustaría vivir en una casa más bonita?

El negocio era que nuestra pocilga estorbaba. Jaroslaw le ofrecía a mi padre comprarnos la casa, es decir, el terreno, a precio actual de mercado. Mi padre no quería venderla, por un incomprensible apego, aunque Jaroslaw pensaba que era por la ambición de venderla cuando el precio se disparara una vez fraccionado el cerro. Sin embargo, Jaroslaw decía que era ahora o nunca, que él ya estaba informado de cómo mi papá había *comprado* el terreno y que si no aceptaba la oferta, como ya habían hecho el resto de los destartalados ocupantes del cerro, acabaríamos quedándonos sin nada.

–Esto todavía no se lo he dicho a tu papá, porque lo conozco y sé cómo va a reaccionar –yo también sabía cómo: organizando al ejército aqueo–, quiero hacer las cosas por las buenas, pero si no se arregla este asunto rápido cualquier día aparecerán las máquinas y les van a tirar la casa. Cuéntale a tu mamá, dile que necesito hablar con ella.

Todo esto explicaba a la perfección por qué Jaroslaw no había denunciado a Aristóteles. Primero, porque mientras duraran las negociaciones no podía enemistarse con mi padre. Y segundo, porque si terminaba tirándonos la casa eso ya le parecía suficiente escarmiento. Los ricos eran como Dios, que aprieta pero no asfixia, sin embargo yo necesitaba que Jaroslaw se olvidara del dios cristiano y se metiera en la fantasía de uno de esos dioses griegos que no conocen la piedad y disfrutan aplastando mortales.

—Yo le ayudo si me hace un favor.

—Yo te estoy haciendo el favor, ¿no entiendes?

—Pero nos podemos ayudar los dos.

—¿Qué quieres?

—Que denuncie a Aristóteles y que no retire la denuncia.

—No lo voy a hacer, ¿cómo crees?, no voy a enemistarme con tus papás justo ahora.

—Pues no lo haga ahora, hágalo después, no hay prisa.

No había prisa, era verdad: llevaba toda mi vida esperando ese momento, ¿por qué no iba a poder esperar más?

—Oye, no seas mala persona.

¿Mala persona? ¿La gallina hablando de huevos?

Por fin me sentía en pleno uso de mi nombre, recibiendo encomiendas secretas, urdiendo conspiraciones, haciendo chingaderas. Abordé a mi madre en un ratito en el que ella no estaba llorando.

—Jaroslaw quiere hablar contigo.

—¿Qué hiciste? —Las madres están programadas genéticamente para dar este tipo de respuestas.

—Nada, no es sobre mí.

—Pues yo no tengo nada que hablar con ese señor.

—Es sobre dinero, quiere comprarnos la casa y dice que mi papá no quiere venderla. Que si no la vendemos van a mandar unas máquinas para tirarla.

—¿Y tú crees que yo no estoy enterada?

—No sé, yo nomás quería darte el recado.

No estaba enterada, o al menos no de la historia completa. Era fácil saberlo, porque si estuviera enterada lo que habría hecho sería emitir la posición oficial de la familia, repetir la opinión de mi padre al respecto.

—Ve y dile que venga mañana a las cuatro, pero que no se atrase, que tu papá llega a las cinco.

Mi debut en las traiciones familiares estaba resultando un fiasco, me asignaban representar el insulso papel de mensajero. Para eso más me valdría llamarme Hermes.

El efecto de la reunión secreta entre Jaroslaw y mi madre fue que el mismo día por la noche mi madre declarara huelga de quesadillas y enfrentara a mi padre con la televisión apagada.

—Ahora mismo vas a buscar a Jaroslaw y le dices que le vendemos la casa.

—¿Cómo sabes? ¿Vino a verte a mis espaldas? Ahora mismo voy, pero para partirle la madre.

—No seas dramático, me lo dijo Heniuta, hablamos un rato hoy cuando yo estaba colgando la ropa en el patio.

No seas dramático: el pollo criticando los cacareos. Y, claro, mi madre era pésima en la invención de mentiras, porque debido a la altura de la barda de los vecinos surgían dos posibilidades: o Heniuta era una jirafa o se había subido a una escalera enorme para espiarnos, lo cual no era precisamente una buena manera de empezar una conversación entre vecinas.

–Nos quieren comprar, ¿no te das cuenta?

–No, no nos quieren comprar, quieren comprar nuestra casa.

–No, no quieren comprar nuestra casa, quieren obligarnos a que les vendamos nuestra casa.

–¿Obligarnos? ¿Tú me has preguntado qué opino?

–La casa es mía y yo decido. No vamos a venderla. No nos vamos a mover de aquí.

Mi papá tenía razón: estábamos en mil novecientos ochenta y siete. En los Altos de Jalisco. ¿Qué se estaba creyendo mi madre?

La negativa final de mi padre tuvo como respuesta una orden de desalojo, fundamentada no sólo en la apropiación indebida de terrenos municipales –que era el argumento-amenaza con el que habían chantajeado al resto de los pobladores del cerro–, sino también en un dictamen de no habitabilidad de la vivienda: la casa estaba construida sobre una terraza en la que no se había estabilizado de manera adecuada la ladera. Tomando como base nuestra pobreza, lo más probable es que fuera verdad –con todo y que ningún arquitecto o ingeniero

157

había venido a casa para realizar tal diagnóstico. En resumen, nos echaban por dos razones: por rateros y para cuidarnos. No fuera a resultar que se nos cayera la casa encima y les quitáramos el gusto de derribarla. Había una fecha de ultimátum: nos daban diez días para largarnos.

Mi papá tuvo una primera fase de negación, en la que repetía:

—No va a pasar nada, quieren asustarnos, es ilegal, no pueden hacerlo.

Esa fase duró quince minutos, el tiempo que tardó en leer y releer varias veces la orden de desalojo y recordar en qué país vivíamos. Para eso veíamos el noticiero todas las noches, para no bajar la guardia y mantenernos, de manera permanente, a la defensiva.

Uno de los efectos de la ansiedad que empezó a dominarnos fue la reinterpretación de algunos hechos de nuestra historia reciente: de repente yo era el apestado de la familia por haber trabajado con Jaroslaw, como si no hubiera sido mi papá quien me obligó a hacerlo, como si los pollos eligieran vivir en las granjas.

—Eres un pinche traidor —repetía Aristóteles, al que el resto de mis hermanos se sumaban con una fidelidad del tamaño de las vejaciones que yo les había propinado durante mi efímero reinado.

Las palizas llegaron de manera natural: les servían a mis hermanos para desestresarse y a mí para disfrazarme de víctima y olvidar mi verdadero papel en este embrollo. *Te lo mereces*, me repetía, *te lo mereces, por traidor*, no tanto por mi confabulación con los polacos, sino por algo que nunca le confesaría a mi familia: yo quería que destrozaran esa pinche casa.

Mi padre enmarcaba la colonización del cerro de la Chingada dentro de la lucha de poder municipal entre la oposición –los del gallito colorado– y el PRI. Creía que las cosas se estaban haciendo a las carreras para tener los terrenos fraccionados antes de las elecciones del año siguiente, en las que probablemente volvería a ganar la oposición y seguramente volverían a robarles. Pensó que la solución sería movilizar a los sinarquistas, organizar un plantón de mochos y beatas para impedir que nos derrumbaran la casa. Como si alguna vez, en los últimos cien años, esa gente hubiera ganado alguna batalla. La estrategia parecía más pensada para sembrar enredaderas que para salvarnos de la desgracia.

Mientras mi padre organizaba la resistencia, mi madre empacaba cosas contra la voluntad paterna. Comenzaron a venir a casa por las tardes algunos profesores de la prepa federal, colegas de mi papá. También venían los militantes del gallito colorado, quienes exigían rezar un rosario antes o después de la asamblea, un rosario completo, con sus catorce estaciones. Nos poníamos a rezar porque mi papá decía que de verdad los necesitábamos, pero yo los

159

veía tan flacos, tan derrotados, tan harapientos, que sólo podía imaginarlos cayendo de espaldas al primer soplido de los policías. Además: ¿cómo íbamos a animarnos si de las catorce estaciones en doce Jesucristo perdía? Y, por si fuera poco, cuando finalmente ganaba ya estaba muerto.

Las discusiones sobre la manera de proceder tampoco nos insuflaban confianza, los sinarquistas eran expertos en usar vocablos arcaicos y sus interpretaciones eran muy desabridas, por culpa de no tener tele. Articulaban frases minimalistas que no tenían segundas intenciones, que se quedaban condenadas a la literalidad más vacía. *Dendenantes*, recordaban, *ansina, ansina,* señalaban. Hablaban sin modulación, sin gesticular y sin usar las manos. ¡Y estaban mudos del lenguaje corporal!

El contraste con los parlamentos de mi padre y sus colegas era grotesco. Ellos se mal ganaban la vida hablando, leyendo en voz alta fragmentos de libros, transmitiendo significados incluso cuando estaban callados, escuchando a sus alumnos. Usaban reglas o batutas para remarcar sus movimientos de manos, tenían tics como sacudirse las solapas o arremangarse, arrugaban la boca y los ojos, en el colmo de la exageración semiótica no desperdiciaban ni las cejas para comunicar sentidos. Peor aún: habían visto montones de discursos políticos, en la tele y en vivo, durante las campañas. Eran cultivadores de enredaderas rastreras sin frutos, hierbas malas que no había que cuidar, porque crecían solitas, de manera salvaje. Uno hacía un llamado a la sedición, que sus colegas reprobaban por incendiario y que los sinarquistas ni entendían. ¿Qué es sedición? ¿No es pecado? Otro quería el advenimiento de una república donde fuera el pueblo el que se institucionalizara. Para perfeccionar la confusión, de pronto mi padre pedía silencio y me ordenaba:

–Ahora recita.

Y yo:

–Cuando el tirano ofrece garantías, abriga únicamente la intención de allegarse prosélitos, sirviéndole este ardid para embaucar ignorantes que mañana, al derrumbarse su mentado gobierno, le sirvan de barrera para huir cómodamente al extranjero, a disfrutar los dineros robados al pueblo mexicano, abandonando esa carne de cañón a su propia suerte, etcétera.

Quién sabe para qué iban a servirnos esas veladas. Para acabar pronto, la única motivación que tuvimos fue un acto de vandalismo: un día apareció en la casa de los polacos una pintada gigantesca con la consigna de los rebeldes, *Justicia a Lagos*.

Aunque no lo quisiéramos, la mezcla del ultimátum con el fervor religioso y los mítines políticos en casa hizo que las noches de quesadillas empezaran a adquirir la tristeza de las últimas ocasiones. Nos quedábamos sin hambre muy pronto: ¡hubo una noche en que sobraron quesadillas! Mi madre apagaba el fuego del comal y se acercaba a la mesa al ver el tortillero libre de disputas.

—Estás perdiendo el tiempo, no va a servir de nada —remataba a mi papá, como si hiciera falta que el verdugo volviera a torcerle el cuello a un pollo exangüe.

—Sólo necesito que estén aquí ese día —contestaba mi padre, porque para él lo importante era que asistiéramos a nuestra ejecución en compañía.

La noche anterior a la fecha del ultimátum apareció en casa una comitiva familiar, compuesta por tres hermanos de mi padre y uno de sus cuñados, quien había investigado y decía que el municipio ya tenía rentadas dos excavadoras. ¿Dos excavadoras para la complexión de nuestra casa?, sería por precaución, por si una se descomponía, para que la otra tomara el relevo, no hay nada peor que estropear un clímax.

Intentaron convencer a mi papá, pero era demasiado tarde, siempre fue demasiado tarde, desde el inicio, en este asunto sí que operaba una distorsión del tiempo, porque en todos los momentos del presente que transcurrieron desde la llegada del ultimátum hasta el desenlace siempre fue demasiado tarde, como si el final ocurriera al inicio y ya sólo faltara cumplir con el protocolo. Ante la negativa de mi padre y las lágrimas de mi mamá —que eran de verdad conmovedoras, si lo eran para nosotros, que la veíamos llorar todos los días, no puedo ima-

162

ginarme lo que sentirían mis tíos–, la comitiva pasó de las palabras a la acción. Sujetaron entre todos a mi papá para arrastrarlo afuera de la casa. Aristóteles gritaba *déjenlo, déjenlo,* y a todos nos entró un susto tan grande que sólo pudimos canalizar llorando a gritos.

Mi papá era un pollo al que no le bastaba un verdugo, ni cuatro, se necesitaba todo un sistema de injusticias, la fundación de un país organizado eternamente en torno a la chapuza, para ejecutarlo.

Antes de llegar a la puerta fue evidente que mis tíos tampoco querían el papel de verdugos, mi padre se zafó de los ocho brazos y atizó en el rostro al que tenía más cerca. Un hematoma descomunal surgió sobre la ceja derecha del hermano menor de mi padre, quien se acercó de nuevo a él, pero esta vez para abrazarlo.

–Estás bien pendejo, carnal.

Mis tíos se fueron, dejando tras de sí el estado de emergencia adecuado para lo que sucedería. Mi papá aprovechó el paso de la tensa calma a la histeria para recordarnos la agenda del día siguiente, que pronunciaba como si fuera un general en una guerra de gallinas. Habría que despertarse a las cuatro y media de la madrugada, los sinarquistas llegarían a las cinco, habría que darles de desayunar, café y huevos, organizar el cordón en torno a la casa. Y luego esperar. Y luego aguantar. Y aguantar. Y aguantar.

163

Tantos huevos que habíamos comprado, sin embargo, resultaron innecesarios. A la medianoche el rugido de las excavadoras nos despertó de la nerviosa duermevela en la que nos revolvíamos. Ya era domingo.

Salimos de casa sin resistirnos, escoltados por los policías. Mi madre nos repartía los bultos que había estado empacando con su tenacidad enfermiza. Todos eran policías desconocidos, habían planeado con tanto rigor nuestra destrucción que incluso habían pensado en la posibilidad de que si usaban policías reincidentes, que hubieran participado en nuestras desgracias previas, terminaran apiadándose de nosotros. Ni rastros, ni un pelo, del Agente Greñas.

Mi padre no pataleaba, no tironeaba para zafarse, no podía hacerlo, porque iba caminando solito sin necesidad de que nadie lo ayudara. Volvía a casa para acabar de sacar los bultos, que íbamos acomodando en la caja trasera de la camioneta, pidió cinco minutos para asegurarse de que no estábamos olvidando nada. Adentro se quedaban los muebles, las ventanas y las paredes, las plantas de mi madre.

¡Se quedaba la tele!

¿Y ahora cómo íbamos a enterarnos de que éramos infelices?

Parecía que eso era justamente lo que mi padre había estado buscando: urdir una defensa destinada al fracaso y fracasar tal y como lo había planeado, al pie de la letra, caer derrotado con la certeza intacta de haber sido atropellado.

Bastaron dos acometidas de la excavadora para derrumbar nuestra caja de zapatos. La primera lanzó el techo de asbesto ladera abajo, provocando un estruendo que disminuía conforme la tapa de nuestra caja se deslizaba hacia las faldas del cerro. La segunda destrozó la fachada y el muro izquierdo, el más alejado de la casa de los polacos. Abandonaron la excavadora con el brazo atravesado a mitad de la casa, y estacionaron la otra –que se había mantenido al margen– en el frente. Las labores de limpieza podrían esperar a la mañana.

Antes de largarse, uno de los agentes preguntó quién era Aristóteles: a Jaroslaw los dioses griegos le venían guangos. Le entregaron la denuncia a mi padre, mientras metían a Aristóteles en la patrulla y mi madre paraba de llorar porque necesitaba usar los ojos para confirmar si de veras estaba aconteciendo tanta pinche desgracia junta. Cuando estuvieron seguros de que nuestra humillación era inofensiva, se fueron todos, policías, choferes de las excavadoras, inspectores de obras públicas.

En la casa de los polacos había luces encendidas, no porque se hubieran despertado para asistir al derrumbe, no estaban –habían tenido la elegancia de largarse a dormir fuera–, pero habían dejado algunos focos prendidos para simular que había alguien en casa.

Fue mi madre quien lanzó la primera piedra, un pedazo de ladrillo de nuestra casa, en realidad. Comenzaron todos a imitarla. Rompían los cristales de las ventanas, los ladrillos se hacían añicos en la fachada, manchándola de color naranja. Electra tiraba piedritas cargadas de un inmenso valor simbólico.

Nadie se daba cuenta de que yo hacía lo mismo, lanzar y lanzar piedras sin parar. Pero yo disparaba hacia otra parte.

Yo disparaba contra los escombros de nuestra casa.

Ésta es mi casa

Desmontaron el cerro en pocas semanas, le extirparon, meticulosamente, todos y cada uno de sus huizaches. Para completar el proceso de desnaturalización, suscribieron una carta de legalidad: se anunció, por decreto presidencial, la creación de un nuevo municipio. El Olimpo.

Nosotros no lo sabíamos, pero habíamos vivido toda nuestra vida en otro pueblo.

El municipio de El Olimpo lo componían sólo las veinte hectáreas de la ladera poniente del cerro, por lo que sus electores serían exclusivamente los habitantes del nuevo residencial –cuando los tuviera–, contrarrestando de esta manera el riesgo de que un cambio de partido en el gobierno comprometiera la felicidad que se merecían, sobre todo considerando cuánto le gustaba contradecir al PRI a la gente del ahora pueblo vecino.

Las noticias bajaban del cerro, atravesaban el pueblo y nos llegaban distorsionadas a la huerta del

169

abuelo, donde habíamos encontrado un lugar para acampar, en la *casita* del velador, que por suerte estaba vacante en aquellos días. En su recorrido, a las noticias se les quitaba lo cabronas, se volvían noticias esplendorosas, optimistas, recubiertas del brillo de lo nuevo. Si no fuera porque hasta hacía poco habíamos sido protagonistas de aquella historia, habríamos llegado a pensar –como la mayoría de la gente– que allá arriba, en el cerro, estaban realizando una labor de reordenamiento que era urgente desde hacía décadas.

La huerta estaba delimitada al oeste por la vía del tren, al norte por la planta de la Nestlé, al este por el río y al sur por una granja de cerdos. Un perímetro de infortunios. A la incomodidad de existir todos acumulados en un único cuarto, había que añadir los mosquitos, la peste de los puercos, el tren de las tres y media de la madrugada y el silbato de la Nestlé, que marcaba los cambios de turno cada ocho horas.

La *casita* no tenía cocina, carencia que mi padre compensó con un anafre y carbón para que mi mamá pudiera preparar las quesadillas. La nueva metodología supuso un primer periodo de entrenamiento, en el que las tortillas se tatemaban y el queso permanecía inderretido –o infundido, como quieran. Mi madre canalizaba su rabia hacia el anafre y sus guisos fallidos, pero con el paso de los días la técnica se fue depurando, y al final resultó que

170

usando leña de mezquite las quesadillas estaban mucho más buenas que antes. ¿Y qué hacía ahora mi mamá con sus sentimientos? A nadie le convenía que terminara concentrándose en la melancolía de haber perdido a dos hijos, en la frustración de que le hubieran derribado la casa y en la angustia de tener a su hijo mayor encarcelado. Había demasiados antecedentes griegos en esta historia como para subestimar las consecuencias de un protagonismo materno como los dioses mandaban.

La choza –traicionemos a los eufemismos y llamemos a las cosas por su nombre– tampoco tenía baño, lo cual era menos grave de lo que parecía, pues lo suplíamos fácilmente mediante la excusa de imaginar que todo el terreno detrás del río era un excusado, y recuperando la vigencia de ideas medievales europeas según las cuales bastaba con bañarse dos o tres veces al año.

Cada noche jugábamos al rompecabezas con nuestros colchones para encontrar acomodo bajo el techo. En la mañana liberábamos el espacio, de manera que la estancia nos sirviera de sombra, ahora que en la huerta no había árboles –mi abuelo había ordenado levantar no sólo toda la milpa, sino todos los árboles frutales–, ahora que la huerta eran dos exóticas hectáreas de enredaderas rastreras. Respecto a nuestras ocupaciones, baste decir que reservábamos todo el tiempo que nos quedaba libre a rascarnos las picaduras de los mosquitos.

A pesar de los inmejorables inconvenientes del terreno, mi papá había intentado que el abuelo le adelantara la parte de la herencia que le correspondía.

—Cincuenta metros cuadrados —le había suplicado todavía cubierto del polvo de ladrillo de nuestro derrumbe—, sólo te pido cincuenta metros.

Pero el abuelo de veras se había vuelto chiflado.

—¿Estás loco?, en cincuenta metros se cultivan ciento ochenta sandías, ¡ciento ochenta!, ¿en cambio, qué gano yo con ustedes?, sólo bocas para alimentar, y se van a comer las sandías. Además, ¡yo ya te regalé una mesa!, ¡una mesa de mezquite!, ésas duran para siempre.

Era verdad, aunque la mesa se había quedado acompañando a los escombros de nuestra ex casa. Al menos mi padre había logrado usar nuestro desamparo para imponerle el hecho de que viviríamos en la huerta *por mientras*.

¿Por mientras qué?, era la pregunta, ¿por mientras nos pasaban más desgracias?, nadie sabía.

Consciente de que mi madre andaba merodeando el estallido histérico, mi papá había tratado de convencer a sus hermanos de declarar al abuelo impedido legalmente, por demencial senil, para disponer de sus bienes. El problema era que mis tíos no se habían quedado en la calle, por lo que con toda su pobreza aún les sobraba el orgullo y el respeto por lo macabro.

–Espérate a que se muera –le repetían todos–, ¿cuánto puede faltar?

Pero podía faltar mucho, eso era lo que sugerían las estadísticas de la familia, nuestra esperanza de vida era larga, larguísima, los bisabuelos habían muerto rondando los cien años, los tatarabuelos vivieron más de ochenta, ¡y eso que les había tocado transcurrir en el revoltoso y antihigiénico siglo diecinueve!

–Mucho, esperemos que viva muchos años más –contraatacaba mi padre, averiguando el potencial retórico del chantaje sentimental, y además tenía razón: el abuelo iba a durar un montón más, hasta acariciar el fin de siglo.

–Pues entonces vete al Pueblo de Moya, ahí hay mucho terreno –le recomendaban mis tíos, que estaban al día de las tendencias de invasión.

Sin embargo, si de algo había servido la experiencia del cerro –además de para sufrir–, era para que a mi papá se le quitaran las ganas de comprobar la imposibilidad de las cosas imposibles.

–No vamos a invadir. Si te chingan cuando tienes la razón, imagínate cuando no la tienes.

–Tú no tenías la razón.

–Ellos tampoco, los terrenos eran del municipio, no estaban calificados para vivienda.

–¿Y quién los califica? ¡El municipio!

–¡Por eso!

–¡Por eso! Tú no tenías la razón, ni la vas a te-

173

ner nunca, la razón la tienen siempre ellos, ¿así que qué más da?, vete al Pueblo de Moya, allí puedes aguantar unos años.

—No vamos a invadir, voy a construir la casa en la huerta.

La conclusión a la que había llegado mi papá, aprovechando el argumento de la locura de mi abuelo, era que ni siquiera se iba a dar cuenta. La solitaria muestra de solidaridad que mis tíos le otorgaron fue decirle que ellos harían como si no supieran, y que ante cualquier contratiempo —la vuelta de la lucidez del abuelo, por ejemplo— se esforzarían en parecer lo más sorprendidos e indignados que les fuera posible.

—Allá tú —le dijo uno.

—Eres un necio, haz lo que quieras —le dijo otro.

—Para qué nos preguntas si de todas maneras vas a hacer lo que ya habías decidido, nomás pierdes el tiempo tú y nos haces perder el tiempo a nosotros —le reclamó el más pequeño, con el resentimiento del hematoma pulsándole todavía en la frente.

El abuelo venía todos los días a la huerta, alrededor de las diez de la mañana, y se quedaba un par de horas, que dedicaba a interrogar a sus dos empleados sobre la salud de las sandías y a hacer inventario de los materiales almacenados en la bodega —fertilizantes, herramientas, insecticidas—, para asegurarse de que nadie lo estuviera robando. Antes de marcharse, sin excepción, y sin rastros del pudor alteño que lo había caracterizado durante su vida predemencial, se bajaba los pantalones, le pedía ayuda a los peones para situar su trasero al aire en posición de aguilita y cagaba en medio de las sandías.

—¡Es el mejor fertilizante! —gritaba feliz todavía en cuclillas, pero ahora de cara a su obra más reciente, que aún humeaba.

Se despedía de los empleados con una frase que demostraba que mi papá estaba equivocado sobre la naturaleza de su locura —que era paranoico-obsesiva, la más competitiva cuando se trata de ocultar secretos.

—Vigílenme muy bien a esos muchachos, que ya han tenido problemas con la justicia.

Aprovechando que las piernas del abuelo lo habían traicionado hacía tiempo, castigándolo a una lentitud exasperante, y haciendo mentalmente el cálculo del tiempo —las jornadas— que le tomaría recorrer los doscientos metros que se estiraban desde la entrada de la huerta hasta el fondo, mi papá eligió el rincón sureste para construir nuestra casa, el más alejado del acceso. Era una localización al mismo tiempo desafiante —en su coordenada este, por la amenaza de inundación— y resignada —en su coordenada sur, por la peste de los cerdos.

El cabo suelto del plan de mi papá eran los

peones —dos cabos sueltos, en realidad—, no sabía cómo iban a reaccionar, no habíamos tenido ocasión de conocerlos por culpa de que eran muy taciturnos. Por más que mi padre se había esforzado, no había logrado entablar conversación con ellos, así que decidió no decirles nada, no ponerlos sobre aviso, y descubrir después el tamaño de la lealtad que le profesaban al abuelo.

La tarde que siguió a un día en el que mi madre no le había dedicado ni una sola sílaba, mi papá decidió ejecutar el plan en cuanto los peones se marcharon. Fuimos primero a la bodega, donde encontraríamos las herramientas necesarias, lo que exigió usar un desarmador para romper un candado muy flaco y tuvo el grandioso efecto de generar un ambiente de clandestinidad.

Mi papá midió los cincuenta metros cuadrados a zancadas, cinco por diez, sin obsesionarse por la exactitud, y colocó cuatro ramas en cada una de las esquinas del terreno. Arquíloco, Calímaco y yo nos encargamos de trazar con piedras cuatro líneas punteadas que volvían obvia la relación entre las ramas. Luego, Arquíloco y Calímaco recogieron las sandías. No eran ciento ochenta, sino apenas una treintena, una de dos: o al abuelo también se le habían desequilibrado sus conocimientos agrícolas, o nos habíamos devaluado ochenta y tres por ciento. Mientras tanto, mi papá y yo levantamos las plantas con ayuda de rastrillos.

176

Clavábamos los dientes en la tierra y jalábamos hacia arriba con fuerza, a ver si así podíamos acabar con tanta pinche confusión. Los rastrillos eran objetos inanimados de metal, por lo que no teníamos que preocuparnos por la consistencia de los tallos y las hojas de las plantas. Para incentivar el auge de la cultura del poco esfuerzo, resultó que las raíces de las sandías se hundían muy poco en la tierra y sus ganas de mantenerse aferradas al subsuelo eran tímidas. Una vez que Arquíloco y Calímaco hubieron puesto a salvo las sandías en el regazo de mi madre, se les asignó la tarea de usar guantes y arrojar las plantas a la margen del río. El sol comenzaba a largarse cuando mi papá dio por terminada la tarea.

Devolvimos las cosas a la bodega, para que mi papá pudiera exhibir ante sus hijos que no era un sinvergüenza. Incluso tuvo el detalle de respetar el decorado original: cerró la puerta y colocó en su sitio el candado roto. En la choza, mi madre y Electra se habían mantenido entretenidas cortando las sandías. Habían abandonado en un costado un montón de sandías cuyo pálido interior delataba el aborto al que las habíamos sometido. Nos pusimos a comer, aleatoriamente, las más rojas que descubríamos.

Por lo menos, desmatar el terreno le había devuelto a mi papá el derecho a que mi madre lo increpara.

—Mañana los peones le van a contar a tu padre y nos va a echar de aquí, ¿adónde nos vamos a meter?

—No van a decirle nada, ya verás.

—¿Cómo puedes estar seguro?

—Los obliga a que huelan sus excrementos, ¿tú crees que le tienen algún respeto?

—Respeto no sé, pero miedo...

—¿Miedo a qué? ¿Que no has visto a mi papá? Está hecho una piltrafa, y está orate.

—No hables así delante de los niños.

—Los niños han visto cagar a su abuelo y escuchan todas las pendejadas que dice, ¿te parece poco?

Habrían seguido discutiendo si no fuera porque de pronto la sandía estaba muy buena: buenísima. Dulce. Jugosa. Su jugo dulcísimo se nos escapaba por las comisuras y lo aprisionábamos con los dedos para devolverlo a la boca, no queríamos perder ni una gota. Mi padre encendió una fogata para que pudiéramos contemplar la maravillosa pulpa que estábamos ingiriendo.

Fue Electra quien de repente preguntó:

—¿Qué es eso?

—¿Qué? —dijimos todos sin mirar hacia donde ella nos indicaba, preocupados sólo por no desconcentrarnos del sabor de la sandía.

—¡Eso! ¡Eso! ¡Eso! ¡Eso!

Y entonces miramos:

—¡Es Cástor! —gritó Calímaco.

—¡Y Pólux! —completó mi madre, como si la

frase, al igual que los gemelos de mentira, no admitiera pronunciarse por separado.

Cástor montaba a caballo y blandía una reata con la que iba trazando circunferencias sobre su cabeza. ¿Se había vuelto charro? Lo que nos faltaba.

—¿Qué es eso? —quiso saber mi papá antes de ir al encuentro de los gemelos.

—¡Tus hijos, son tus hijos! —le contestó mi madre.

—No, detrás, ¡detrás!

—Vacas, son vacas —tuve que intervenir yo, que era el único especializado en la materia.

Pero a la aclaración le faltaban muchos detalles científicos que explicaran el comportamiento de las blanquinegras. Aquello era un orgía de vacas histéricas. Las vacas no se quedaban quietas ni un instante, iban de un lado para otro, persiguiéndose, frotándose unas con otras, oliéndose mutuamente las vaginas, montando y dejando montarse. Los mugidos entremezclados producían un sonido constante, una especie de señal sonora, ¿qué era lo que avisaban las vacas?, ¿a quién o a qué estaban convocando?

—No se asusten, están en celo, es normal —dije yo cuando vi que mi padre se esforzaba en ocultarle el espectáculo erótico a las mujeres de la familia.

—¿Normal?, ¿te parece normal que haya mil vacas en celo en la huerta de tu abuelo?, ¿de dónde se escaparon? —rebatió mi padre, inaugurando el movimiento reaccionario en defensa de la realidad y del estado normal de las cosas.

–¿Quién quiere quesadillas normales? –ofreció mi madre, inspirada por la libre asociación de ideas.

Todos levantamos la mano.

¡Yo!

¡Yo!

¡Yo!

¡Yo!

Todos quieren quesadillas normales.

El llamado de las vacas encontró eco: una estampida de toros se aprestó a satisfacer las demandas bovinas. Al frente de las blanquinegras, Cástor realizaba una selección visual de los postulantes, eliminando a los ejemplares que no estuvieran a la altura de sus exigencias mediante manganas y piales. Los toros que pasaban la prueba se inmiscuían entre los lomos y sin demora desenfundaban sus vergas inmensas. Los mugidos cesaron para ceder el viento al sonido de las fricciones y las frotaciones, al ritmo del mete y saca.

–¿Por qué vemos todo tan clarito? –quiso saber Calímaco, quien ignoraba los mecanismos de la pornografía–, ¿que no era de noche?

Era verdad, esa claridad no podía provenir de la fogata, alguien había encendido una lámpara en el cielo. Miramos todos hacia arriba para constatar el fenómeno: una luz potentísima surgía desde el culo de una gigantesca nave interplanetaria.

–No puede ser verdad –se apresuró a desengañarnos mi papá.

180

¿Y por qué no?

¿Por qué no, papá?

¿Acaso no vivíamos en el país en que vivíamos? ¿No se suponía que nos pasaban cosas fantásticas y maravillosas todo el tiempo? ¿No hablábamos con los muertos? ¿No decía todo el mundo que éramos un país surrealista?

—No puede ser verdad. Debe ser una alucinación, un delirio, ¡tenemos dengue!, ¡debe ser la fiebre del dengue!

¡Cállate, papá, cállate!

¿No creíamos que la Virgen de San Juan había curado a miles de personas sin saber nada de medicina? ¿No le habíamos puesto fronteras a un territorio nomás para hacernos pendejos unos a otros? ¿No seguíamos teniendo esperanzas de que un día las cosas cambiarían?

¿No puede ser, papá? ¿Estás seguro?

Se abrió una escotilla en la nave y, parsimoniosamente, lo cual acentuaba su habitual pedantería, descendió flotando Aristóteles. Sus pies tocaron el suelo en el centro del círculo que habíamos formado para recibirlo.

—¿Qué pasó, pendejos?

Nos abrazamos para certificar que no estábamos soñando.

—¡Cástor, Pólux! —gritó mi madre para que el abrazo estuviera completo.

Sin embargo, los gemelos de mentira no esta-

181

ban preparados todavía para el cariño. Pólux levantó el brazo derecho solicitando silencio, sólo entonces advertimos que se había vuelto boxeador. Su poder de convicción era tan grande que los toros dejaron de cogerse a las vacas.

–¡Ejército Aqueo!, ¡preparen armas!

¿Armas? ¿Para qué?

Detrás de nosotros avanzaba el ejército enemigo: curas, antimotines y policías liderados por el Agente Greñas y Jaroslaw. Cástor comenzó a repartir manganas y piales a diestra y siniestra, Pólux noqueaba a sus oponentes al primer derechazo. Algunos toros satisfechos y rencorosos se divertían cornando uniformados. Resguardado por un contingente de soldados, surgió el encorbatado con un megáfono.

–¡No, Oreo, así no!, ¿que no te enseñé nada?, ¡así no!, ¡esto no sirve para nada! ¡Son puras pendejadas!

–¡Mira, papá, ése es el encorbatado!

–¡Ése! ¡No puede ser!

–¿Tampoco eso puede ser? ¿Por qué? ¡Es él! ¡Estoy seguro!

–¡Porque ése es Salinas!

–¿Salinas? ¿Quién es Salinas?

–No, espera, ¡es López Portillo!, ¡es Echeverría!, ¡es Díaz Ordaz!

–¿Quiénes son ésos?

–¡Unos hijos de la chingada!

–¡Pues que acaben con ellos!

Cástor lazó la corbata del encorbatado y la amarró a la cola del más insaciable de los toros, que se perdió con un frenético trote en el horizonte de lomos bovinos. ¿Adónde se los llevaban? ¡A la chingada!

En medio del fragor de la contienda, Jaroslaw y el Agente Greñas se acercaron para negociar un cese al fuego. La batalla también se libraba en la cabeza del Agente Greñas, donde los chinos torturaban sin piedad a los lacios.

–Tenemos una orden de desalojo.

–La huerta es de mi padre, hablen con él, tenemos derecho a estar aquí –nos defendió mi padre, fiel a su realidad a pesar de las apariencias.

–No estás entendiendo nada.

–Pues ayúdame.

–Tienen que salir de *esto*.

–¿De *esto*, qué es *esto*?

–*¡Esto!*

–Es desacato de la realidad.

–Hay prisión sin fianza.

–¿De qué están hablando?

–¡Salgan!

Pero ya Pólux se había plantado delante de ellos. Al Agente Greñas le dedicó un gancho a la mandíbula, mientras que a Jaroslaw le propinó un recto en la sien. Cómo había alcanzado a golpearlos en el rostro, desde su pequeña estatura, era algo que ni el Agente Greñas ni Jaroslaw habrían podido explicar. Los dos cuerpos salieron volando a través de la huerta y se perdieron detrás del río.

—¡Rápido! —nos movilizó mi papá—, ¡tenemos que aprovechar!

—¿Para qué? —preguntamos todos mentalmente.

—¡Para construir la casa!

Cruzamos la huerta en una carrera esquizofrénica, pero caíamos todo el tiempo, enredados en los tallos de las sandías. Casi sería mejor avanzar a rastras. Cuando por fin nos situamos en el terreno que habíamos limpiado, mi padre comenzó a organizar la arquitectura con apremio.

—¿Un piso o dos pisos?

—¡Dos pisos!

—¡Dos pisos!

—De acuerdo. ¿Qué ponemos en el primer piso?

—La cocina.

—La sala.

—Mi cuarto dentro de la cocina —quiso Electra— para estar cerca de las quesadillas.

—¡Y dentro del cuarto de Electra un baño!

—¡Y dentro del baño un cuarto para ver la tele!

—¡Y dentro del cuarto de la tele un jardín!

—No, no, ¡así no!

¿Por qué no, papá? ¿Por qué no?

¿De qué está hecha la casa?

Entonces recordé que en el bolsillo del pantalón aún guardaba el aparatito del botón rojo.

—¡Esperen! —les ordené.

E hice click.

Dos pisos.

Click.

La sala.

Click.

La cocina.

Click.

La habitación de Electra.

Click.

Un baño.

Click.

El cuarto de la tele.

Click.

¡Un jardín con huizaches! Para que no se nos olvide de dónde venimos.

–¿Qué más?, ¿qué más?

¿Un cuarto para que mi mamá llore?

Terminamos la casa y le pusimos una puerta de madera de mezquite, una puerta pesada y resistente, que vigilaría el pasar de los años y los siglos. Era una casa magnífica: tenía una torre de vigilancia, y había puentes para comunicar las habitaciones.

–Papá, podemos hacer como en el cerro.

–¿Cómo?

–Hacer otro municipio.

–¿Un municipio de cincuenta metros cuadrados?

–U otro país.

–¡Otro país!

—¡Polonia!
—Polonia.
Entonces mi padre me dijo:
—Recita.
Y yo:

> *Suave Patria, vendedora de chía:*
> *quiero raptarte en la cuaresma opaca,*
> *sobre un garañón, y con matraca,*
> *y entre los tiros de la policía*, etcétera.

Estábamos a punto de entrar para acostarnos a dormir, cuando la puerta se abrió y emergió desde adentro mi tío Pink Floyd. Fuera de la cárcel se desplegaba en su verdadera estatura, era altísimo. Se colocó a nuestro lado para admirar el edificio. Su cabeza se reflejaba en el cristal de las ventanas del segundo piso. Alzó la mano para comprobar la existencia de la torre de vigilancia.

—Les quedó bonita.

Todos sonreímos encantados: teníamos una dentadura blanquísima y perfecta.

—Gracias.

Pero enseguida descubrió lo que ocurría:

—Órale, cabrones, no se coman mis sandías.

> *Ésta es nuestra casa.*
> *Ésta es mi casa.*
> *Ahora intenta tirarla.*

186

DEUDAS Y AGRADECIMIENTOS

La idea de Polonia como ninguna parte es de Alfred Jarry, quien escribió en el prólogo a su *Ubú Rey:* «La acción que va a comenzar ocurre en Polonia, es decir en Ninguna Parte.»

Orestes recita fragmentos del discurso «A los pueblos engañados» de Emiliano Zapata y de *La suave patria* de Ramón López Velarde.

Las *quesadillas de pobre,* y en consecuencia todas las categorías de quesadillas, están inspiradas en las *enchiladas de pobre* de mi abuela María Elena. ¿Cómo estás, abue?

Rolando Pérez y su padre, del mismo nombre, no son polacos ni se parecen a los personajes de esta novela, pero son inseminadores de vacas y me enseñaron todo lo que sé sobre este fascinante tema.

Andréia Moroni, Teresa García Díaz, Cristina Bartolomé e Iván Díaz Sancho leyeron con rigor las primeras versiones de la novela.

Este libro también está dedicado a mis padres, María Elena y Ángel, y a mis hermanos Luz Elena, Ángel, Luis Alfonso y Uriel.

ÍNDICE